KB183061

좋아 하는 애의
절친에게 은밀히
압박
당하고 있다

츠치구루마 하지메

illust. 오레아즈

히나타 하루

미사의 절친. 렌토가 미사에게 고백할 때마다
날아와서 「미사한테 폐 끼치지 마」라고
그에게 주의를 준다.

"그러지 좀 마!"

"어머, 고마워.
세코 군."

야자키 미사

누구나 인정하는 재색을 겸비한 소녀.
렌토의 마음을 받아주지 않고 있지만,
그가 보내는 열렬한 말을 기대하고 있다.

"야자키! 좋아해,
나랑 사귀어 줘!"

세코 렌토

미사에게 거의 매일 고백하고 격침된다.
그럼에도 미사, 그리고 하루와도 사이가 좋아서
주위에서는 신기하게 여긴다.

나는 확신했다.
야자키 미사를 사랑하게 돼 버렸다고.

그 애와 눈이 마주쳤다. 이걸로 두 번째다.
지난번에는 기가 막힌다는 눈빛이었다.
그러나 이번에는—

"후훗."

그 애는 미소 짓고 있었다.

"좋아. 이리 와.

　　오늘도 날 상대로 잔뜩 풀어."

"세코 군, 어때?"

".......나는?"

의외였던 것은,
당당해 보이는 야자키에 비해
히나타는 얼굴을 붉게 물들이며
부끄러운 듯이 몸을
꼼지락거리고 있던 점이다.

좋아하는 애의 절친에게
은밀히 압박당하고 있다

츠치구루마 하지메 지음

오레아즈 일러스트

정우주 옮김

NOVEL

CONTENTS

오늘도 지루한 수업을 가까스로 극복했다. 모든 학생이 기다리고 기다리던 방과 후가 찾아왔다.

쏜살같이 귀가하는 사람, 친구 몇 명과 함께 부실로 향하는 사람, 수업에서 잘 모르는 점을 선생님에게 물으러 가는 근면한 사람. 사람마다 제각각의 방과 후 시간이 있다.

우리 세 사람은 아무도 부 활동에 들어가지 않았고, 그렇다고 해서 특별히 할 일도 없기에 천천히 귀갓길에 올랐다.

"그러고 보니 꽤 가까운 곳에 유명한 케이크 뷔페 가게가 생겼다던데."

"어, 진짜? 우와, 가 보고 싶다. 그보다 잘도 그런 걸 아네."

"텔레비전에서 봤어."

"우와, 나왔다. 텔레비전에서 본 거."

"그건 별로 상관없잖아. 효과는 있으니까."

"조금 흥미 있네. 하지만 디저트를 잔뜩 먹는 건 마음에 조금 걸려."

"어, 왜?"

"그야, 그게, 칼로리가 신경 쓰이잖아."

"이렇게 날씬하니까 괜찮아. 케이크를 무한 리필로 먹으면 틀림없이 행복하기만 할 거라고. 이번 주말에 바로 가자! 응!"

갈색으로 염색한 짧은 머리의 소녀는 그렇게 말하며, 검고 예쁜 긴 머리카락을 가진 소녀를 끌어안았다.

긴 머리카락의 소녀는 그녀를 살짝 안더니, 못 말리겠다는 표정으로 그녀의 머리를 쓰다듬었다.

나는 그런 모습을 곁에서 바라보았다. 두 사람은 곧잘 이런 식으로 스킨십을 한다. 최근에는 이렇게 같이 귀가할 때 특히 많이 한다.

끌어안은 채로는 돌아갈 수 없으니, 두 사람은 그 대신 손을 잡고 다시 걷기 시작했다. 어째서 여자애는 여자끼리 손을 잡거나 팔짱을 끼고서 걷는 것일까? 나는 그런 아무래도 좋은 생각을 하면서 그 옆을 걸었다.

조금 더 걷고 나서 나는 작은 공원이 보이는 갈림길 앞에 멈춰 섰다. 우리 집은 여기에서 왼쪽으로 꺾은 곳에 있어서, 두 사람과는 여기에서 헤어진다.

"그럼 내일 또 보자."

"……그래. 내일 또 봐."

"와~아. 겨우 단둘이다~. 자, 넌 빨리 가라고."

"아까 전부터 독차지해 놓고서 잘도 말하네. 나 원 참, 또 보자."

"단둘이 아니었는걸! 흥, 또 보자!"

메롱 하고 혀를 내밀고서 마지막까지 도발에 여념이 없는 갈색 머리카락의 소녀와 검은 머리카락의 소녀가 걸어가는 모습을 잠시 바라본 후, 나는 갈림길을 꺾어서…… 근처 공원으로 향했다. 그리고 공원의 벤치에 앉았다.

햇살이 좋아서 기분이 좋으니 멍하니 앉아 있기에 딱 좋다.

이 자외선이 내 안에 있는 나쁜 물질을 제거해 준다면 좋을 텐데.

그런 생각을 했지만, 내가 지금 여기에 계속 있다는 점이 그것은 있을 수 없는 일이라는 사실을 증명한다.

한동안 멍하니 있노라니, 내 정면으로 누군가가 찾아왔다.

여기는 햇볕을 쬐는 곳이자 태양 같은 여자애와의 약속 장소다.

그 애의 갈색 머리카락이 저녁노을에 비치니 명도가 강해져서, 나도 모르게 눈을 피하고 싶어진다.

"그럼, 오늘도 집에 가자."

아까 막 헤어진 그 애가 하는 말에 「그래.」라고 응하며 그 애의 옆에 서서 같이 공원을 나갔다.

아까 전까지는 셋이 걸었는데. 지금은 다른 한 사람에게는 비밀로 하고 나와 그 애 둘이, 나란히 마을 안을 걷는다. 목적지는 그 애의 집이다.

가는 동안 우리 사이에 대화는 없다. 딱히 그런 규칙이 있는 것은 아니지만 어쩐지 얘기하지 않는 분위기가 된다. 하지만 결코 불편하지는 않다.

마을 주변 소리나 각자의 발소리, 그리고 그 애의 숨결이 귀에 들어온다. 어쩐지 기분이 좋다.

한적하게 공원을 걷자 이미 옆 마을까지 들어가서 그 애의 집 앞에 도착했다.

일반적인 단독 주택이다. 그 애는 가방에서 꺼낸 열쇠로 문을 열고 나를 부른다. 나는 익숙한 동작으로 신발을 벗고서 그 애에게 이끌리듯이 집안으로 들어갔다.

2층에 올라가서 그 애의 방으로 들어갔다. 만화책이 꽂힌 책장 일부에는 빛나는 성적을 자랑하는 트로피나 상패와 함께 유니폼 차림을 한 그 애의 사진이 놓여 있었다.

방 가운데쯤, 평소와 같은 위치에 짐을 털썩 내려놓았다. 무거운 짐을 어깨에서 내려놓자 한숨이 흘러나왔다.

"있잖아."

마찬가지로 짐을 내려놓은 그 애가 나를 향해서 그 작은 두 손을 내밀어왔다.

"손잡자."

"잡는다고 해도, 보통 한 손이잖아?"

"됐으니까, 어서. 내 손, 잡아."

나는 그 애의 진의를 잘 이해하지 못한 상태로, 그 애의 두 손을 잡았다.

내 손보다 조금, 아니 확연히 작은 손이다. 살짝 말랑하고 부드러운 손, 무척이나 사랑스러운 손이었다.

"좀 더 꽉 만져도 돼."

"으음, 아까 전부터 잘 모르겠는데. 이런 느낌으로?"

방금까지는 그저 잡고 있었을 뿐이지만 이젠 손바닥을 다정하게 쓰다듬고, 손 전체를 주무르듯이 만지기 시작했다.

그러자 「응!」 하고 그 애의 입에서 색기 어린 목소리가 새어 나왔다.

  한순간 움직임을 멈췄지만, 그 애가 아무 말도 하지 않기에 다시 만지기 시작했다.

  "앗……. 어때? 이 손으로 그 애의 머리카락이라든가 배라든가, 잔뜩 만졌다고. 잘 느껴져?"

  "아니, 역시나 이걸로는 모르잖아."

  나는 지금, 그저 내 눈앞에 있는 소녀의 감촉을 즐기고 있을 뿐이다. 여전히 매끈매끈해서 기분 좋다.

  "다음, 할까."

  한동안 손을 즐기고 있자니, 그 애가 작은 목소리로 말했다.

  "응."

  그리고 나를 향해 양팔을 펼친 채 가만히 기다렸다.

  그 애는 자세한 말은 아무것도 하지 않는다. 하지만 내가 어떤 행동을 취해야 할지는 알고 있었다.

  그 애에게 다가가 그 몸을 살짝 끌어안았다. 그러자 그 애도 내 등에 팔을 두르고 그대로 팔에 힘을 주었다.

  한 10초쯤 그러고 있었을까? 그 애는 「아니야, 아니야.」라고 말하면서 내 어깨에 손을 얹고 떠밀었다.

  "이쪽이야."

  그리고 내 뒤통수를 누르며 내 얼굴이 본인의 가슴께로 오도록 끌어당겼다.

"응."

내 코끝이 그 애의 가슴에 다다른 순간, 그 애의 입에서 숨결과 목소리가 흘러나왔다.

내 몸 안에서 무언가가 샘솟는 것이 느껴졌다.

"자. 어때? 오늘은 잔뜩 부둥켜안았어. 아까 헤어질 때도 끌어안았어. 그 애의 냄새, 잔뜩 묻었지?"

그 말을 듣고 숨을 깊이 들이마셔 보니, 감귤 계열의 향기와 꽃향기, 두 가지의 냄새가 느껴졌다. 후자가 그 냄새라는 사실을 알았다.

"응. 묻었어."

"좋은 냄새야?"

"그러네."

"……그렇구나. 그럼, 좀 더 맡게 해 줄게."

그 애는 그렇게 말하더니, 양손을 내 뒤통수에 두르고 자기 가슴에 밀어붙이듯이 힘을 주었다.

살짝 숨쉬기 어려워서 답답하고 냄새를 즐길 여유도 없었지만, 나는 이 자세를 기꺼이 받아들였다. 더 안쪽에 있는 냄새를 맡기 위해서.

시간이 조금 지나자 그 애는 만족했는지 뒤통수에 실렸던 힘이 빠져나갔다. 서로의 몸에서 살짝 떨어지자, 그 애의 양손이 아래로 내려갔다. 그 애의 손은 내 등 부근에서 단숨에 힘을 싣고 내 몸을 끌어안았다.

"왜 그래?"

"……아니, 아무것도 아니야."

그 애는 작은 목소리로 대답하며 나에게서 떨어졌다.

다소 어두워진 그 애의 표정을 보자 나는 다시 그 애의 몸을 끌어안고, 그 애의 진정한 마음을 캐묻고 위로하고 싶다는 생각이 들고 말았다.

하지만 그런 일은 하지 않는다. 아니, 할 수 없다.

우리는 지금, 그런 관계가 아니기 때문이다.

그 애는 내 눈앞에서 교복을 서서히 벗기 시작한다.

붉은 리본이 바닥에 떨어지고, 세 번째 단추에서 교복 셔츠가 벌어졌을 때, 그 애는 침대로 이동했다.

침대에 걸터앉더니, 그대로 드러누웠다.

그리고 그 애는 양손을 내게 뻗으며 말했다.

"좋아. 이리 와. 오늘도 나를 상대로 잔뜩 풀어."

그 유혹을, 북돋워진 내 욕망을, 오늘도 솔직하게 따른다.

제1화 세코 렌토의 사랑

나, 세코 렌토가 반에서 맡은 역할은 괴롭힘을 당하는 것이다.

학교라는 폐쇄적인 커뮤니티에는 자연스럽게 계급이 생겨난다.

중학교에 입학한 이후, 나는 이른바 상위층에 속해 있었다. 하지만 내가 잘났기 때문은 아니고, 단지 상위층의 장난감으로써 속해 있을 뿐이었다.

상위층은 어딘가 화려했다. 그저 잡담하고 있기만 해도, 이게 청춘이라고 주장하는 것처럼 상쾌한 매력이 있었다. 그곳에 속하는 나 역시 옆에서 보면 빛나 보였을지도 모른다.

하지만 내 마음은 빈곤했다. 바라지도 않은 위치에서, 그게 당연하다는 분위기에 삼켜진다. 나는 점점 내가 무엇을 위해서 존재하는지 모르게 되었다. 하지만 스스로 움직이려는 생각은 하지 않는다. 그래서 지금 여기에 있는 것이다.

학년이 올라가서 반이 바뀌어도 내 역할은 바뀌지 않고 이어졌다. 3학년이 되어 새로 바뀐 교실을 향하자, 상위층 남자애가 나에게 「야, 이리 와 봐.」라며 손짓했다. 그것은 친구를 부르는 태도가 아니다. 하지만 나는 그 손짓을 따랐다.

"이 녀석 흉내 내기가 특기래. 자, 어서 해 봐. 지금 드라마에서 화제가 된 그거 말이야, 그거."

이 녀석과는 1학년 시절부터 계속 같은 반인데, 여태까지 이렇게 나한테 무리한 요구를 하고 한심한 나를 깔보면서 웃고 있다. 그 사실을 알면서도 그만두지 못하는 나는 정말로 바보다.

그 녀석의 그룹 멤버를 힐끔 보자, 낯선 얼굴이 하나 있었다. 이번 반 변경에서 처음으로 같은 반이 된 여자애다. 아무래도 이 애에게 자기 힘을 과시하고 싶은 모양이다.

그런 것은 아무래도 좋다. 지금은 시킨 대로 할 뿐이다.

"두 배로 갚아주마!"

나는 집에서 엄마가 보고 있는 것을 힐끔 보았을 뿐인 드라마의 한 장면을 흉내 내보았다.

원래 나는 흉내 내기가 특기도 아니고, 그 작품을 모르니까 완성도는 엉망이다. 하지만 이게 녀석이 시킨 주문이다.

"푸하햐! 너 뭐야, 진짜 못하네! 특기라는 건 거짓말이었냐!"

그 녀석의 웃음을 시작으로, 주위 반 애들도 다 같이 웃기 시작했다.

나도 고개를 숙이면서 「하햣.」 하고 쓴웃음을 흘렸다.

하지만 그중에 단 한 명, 웃지 않는 사람이 있었다.

"시시해."

그 애가 그런 감상을 입에 올린 순간, 그 자리의 분위기가 얼어붙었다. 나에게 무리한 요구를 한 녀석은 당황하고, 주위의 애들은 거북하다는 듯이 눈을 깔았다.

"쟤, 재미없었어? 야, 세코! 네놈이 재미없는 흉내를 내니까―"

"시킨 건 너잖아? 어째서 그 애한테 책임을 뒤집어씌우려는 건데. 다른 애들도, 동조하기만 할 뿐이지, 아무도 이 상황이 이상하다고 생각 안 해? ……시시한 애들이네."

그 애는 어이없다는 말투로 그렇게 말했다. 나를 괴롭히던 반 애들이 점점 작게 보이기 시작했다.

다음 순간, 그 애의 눈과 내 눈이 마주쳤다. 그 크고 예쁜 검은 눈동자에 의식이 빨려 들어가 버릴 것 같았다.

"너도 자신의 의지 없이 애들이 시키는 대로나 하고. 시시해."

그 애는 그렇게 말하더니 발걸음을 돌려 길고 예쁜 흑발을 나부끼면서 우리 곁에서 떠나갔다.

그 이후, 그들이 나를 괴롭히는 일은 없었다. 하지만 그 때문에 나는 상위층 그룹에 있을 자리를 잃어서, 완전히 외톨이가 되고 말았다.

하지만 그 애의 말이 내 머릿속에서 몇 번이고 맴돈다. 「자기 의지를 가지지 않은 시시한 남자」라고.

나는 이대로 있으면 안 된다고 생각했다. 자신을 바꾸고 싶었다. 그러기 위해서는 우선 스스로 움직여서 이 상황을 타파할 필요가 있다.

능동적으로 움직이는 것이다.

"저, 저기."

"음……?"

"……뭔가요?"

점심시간, 교실 한구석에서 담소를 나누던 두 명의 남자애 곁으로 가서 말을 걸자 그 애들은 내 얼굴을 보고 의아한 표정을 지었다.

그도 그럴 것이, 그들도 그때의 자초지종을 보아서 알고 있었던 것이다. 그 녀석들에게 버림받고 나서 이쪽에 흘러 들어오려는 것이다. 그렇게 생각해도 어쩔 수 없었다.

하지만 여기에서 도망쳐서는 안 된다고 생각하며 가까스로 버텼다.

"엿들은 것 같아서 미안. 아까 토네패닉 이야기를 한 것 같은데, 나도 대화에 끼워 줄 수 있을까……?"

토네패닉, 정식 명칭 《토네이도 패닉》. 바람 마법을 조종하는 주인공이 히로인을 습격하는 마물들을 퇴치하는 이야기인데, 그 바람 마법으로 인해 발생하는 살짝 야한 장면이 포함된 소년 만화이다.

그 애들은 아까 전부터 토네패닉에 대해서 담소를 나누고 있었다. 실은 나도 그 작품을 애독하고 있어서, 그들과 얘기를 하고 싶었던 것이다.

내가 말을 걸었던 같은 반 애 중 하나는 안경을 치켜올리며, 눈을…… 아니, 안경을 빛냈다.

"최애는 누구지?"

"엇. 그게…… 후우일까."

"흠, 천진난만한 쇼트커트 머리에 활발한 소녀 후우 말인가.

어디에 끌린 거지?"

"늘 활기차고 무드 메이커지만, 실은 주변을 잘 살펴보고, 뒤에서는 고민하거나 하는 점이 갸륵해서. 그리고…… 남몰래 주인공을 사랑하는 점."

"그 마음 이해하네! 별안간에 쓸데없이 활기찬 점을 밀어붙이거나, 다정한 성격이 좋다고 말해 오거나, 그 애가 가진 매력의 진수는 다른 곳에 있지! 겉과 속, 즉 양과 음의 차이, 그리고 은밀하게 품은 연심. 아아, 감미롭도다. 자네, 뭘 좀 아는군."

"고, 고마워."

예상 밖의 하이 텐션인 반응이 되돌아와서, 살짝 기가 죽고 말았다.

하지만 마음속은 맑게 개었다. 안개가 끼었던 시야가 확 트인 것 같은 기분이 든다.

내가 읽는 만화 이야기를 한 적은 여태까지 없었다. 생각해 보면, 처음 자기 취향을 이야기한 것 같은 느낌이 든다.

"참고로 난 윈드가 최애라네. 그 거유는 끝내줘."

"갑자기 벼락치기 팬 같은 코멘트가 나왔다고."

"무슨 소리를 하는 건가! 거유 없이 윈드를 논할 수 있을 리가 없지 않나!"

"오다 군은 아직 멀었군요. 참고로 내 아내는 타츠마키입니다. 로리야말로 지고하죠."

"……"

"······응?"

"이거 봐, 이유가 이어지지 않는 거냐고. 아직 얕은 코멘트밖에 안 했다고."

"타츠마키의 매력을 전하는데 많은 말을 할 필요는 없다는 뜻이랍니다."

"말은 하기 나름이네."

그 애들과 이야기하고 있으니 나도 모르게 무심코 태클을 걸게 된다. 그 대화는 기분이 좋았다. 그 애들도 헤헷 웃는다.

그 애들을 에워쌌던 테두리가 넓어지고, 내가 그 안에 더해지는 감각을 느꼈다.

그 후로 그 애들, 오다나 마니와와 하잘것없는 이야기를 하고 있으니, 어쩐지 시선이 느껴져서 그쪽을 돌아보았다. 그 앞에는 내가 바뀌는 계기를 부여해 준 그 애— 야자키 미사가 있었다.

그 애와 눈이 마주쳤다. 이로써 두 번째다. 지난번에는 기가 막힌다는 눈빛이었다. 그러나 이번에—

"후훗."

그 애는 미소 짓고 있었다.

어쩐지 그 애에게 인정받은 기분이 들어서 그 순간, 내 가슴이 크게 뛰는 감각을 느꼈다.

심장은 한번 크게 요동친 후, 그 고동을 유지했다.

그것은 수업 중에도, 방과 후 집으로 돌아가 혼자가 되었을 때도 이어졌다. 잠들기 전에 눈을 감자 가슴의 격렬한 고동을 느끼면서 머릿속에는 야자키의 그 웃음이 떠올랐다.

나는 확신했다. 야자키 미사를 사랑하게 되어 버렸다고.

◇

3학년에 올라간 지 몇 주가 지난 무렵이다.

등교할 때 그렇게나 무겁던 발걸음이 최근에는 가볍게 느껴진다.

학교에 가는 일에 스트레스를 느끼지 않게 된 것이다. 이미 즐거움까지 느낀다. 아니, 역시 수업은 귀찮지만. 그래도 오다나 마니와와 담소를 나누는 것은 즐겁다.

게다가, 같은 교실에 그 애가 있으니까.

"이봐, 오다. 마니와. 왜 토네패닉 주인공은 그렇게나 인기가 많은 걸까?"

교실의 끄트머리 자리에 있는 오다 주위에 모여서 잡담을 나눌 때, 나는 대뜸 그런 화제를 꺼냈다.

"왜 그러나, 세코 씨. 그런 아닌 밤중에 홍두깨 같은 소리를 다 하고."

"⋯⋯아니, 문득 신경이 쓰여서. 열 명에 가까운 히로인에게 구애받다니 얼마나 매력이 있나 싶어서."

"나도 그 마음은 이해해요. 하지만 그건 어디까지나 픽션이에요. 진지하게 받아들여서는 안 된다고요."

「그렇게 말해버리면 거기까지지만」이라고 생각하자 오다가 기세 좋게 일어섰다.

"마니와 씨! 그건 아니라네! 픽션이라 해도, 그걸 즐기는 사람은 우리 살아 있는 인간. 히로인에게 호감을 받을 만한 매력은 곧, 우리 독자까지도 사로잡을 수 있는 매력이라는 게 주인공에게는 있을 걸세! ……이 세상에 전혀 참고가 되지 않는 작품 따위는 없다고."

마니와는 열변을 마친 오다를 눈을 빛내며 바라보았다.

"오, 오다 군! 내가 틀렸어! 맞아. 우리 교과서는 학교에서 나눠준 수학이나 이과뿐만이 아니야. 만화나 소설도 어엿한 인생 교과서지!"

"훗. 마니와 씨도 이해해 주었나. 나는 기쁘다네."

만족한 오다는 자기 자리에 다시 앉았다.

내가 던진 화제는 오다와 마니와에 의해서 예상 밖의 고조를 보였지만, 본론은 그 부분이 아니다.

"그래서, 오다 넌 어떻게 생각해?"

"흠. 그 작품은 주인공이 히로인을 위기에서 구함으로써 반하게 만드는 경우가 많지. 그런 면에서는 주인공에게는 히어로적인 매력이 있다고 말할 수 있겠군."

"즉, 히로인들이 위기에 처했을 때 달려갈 수 있는 사람이라는 뜻이겠군요."

"위기…… 위기라."

상상한다. 그 애가 궁지에 몰려서, 그것을 해결해 주기 위해 상쾌하게 달려가는 내 모습을.

……그 애가 그런 상황에 빠지는 일 자체를 상상할 수 없다.

떨은 표정을 짓는 나를 보고서, 오다가 부드러운 웃음을 띠었다.

"뭘, 남에게 끌리는 매력은 그런 것에 국한하지 않네. 잘 생각해 보시게. 우리 부모님이 모두, 로맨틱한 만남으로 만났다고는 생각할 수 없지 않나."

"그건 그래."

"우리 부모님에게서 그런 이야기를 들은 기억은 없네요."

"음. 뭐 나도 현실의 연애 경험이 있는 건 아니지만, 이것만은 말할 수 있다네. 사람이 사람에게 끌리는 건, 그 사람의 일상적인 모습에 있다고."

"오오. 오다는 역시 멋지네."

"역시나 연애 마스터로군요!"

나와 마니와는 말을 늘어놓으며 오다를 칭찬했다.

그러자 오다는 흐흠 하고 높게 콧소리를 낸 후, 부끄러워졌는지 「아, 너무 칭찬하지 말아 주게에.」라며 우리를 제지하려 들었다. 그런 오다의 모습을 보자 나도 모르게 웃음이 흘러나왔다.

오다는 연애 게임을 더없이 사랑해서 많은 작품을 플레이해왔다. 그 때문인지 연애 면에 있어서 가끔 달관한 생각을 늘어놓을 때가 있다. 과연 그것을 참고할 수 있을지 경험치가 없는 나로서는 모르겠지만, 가슴에 와닿는 것은 확실했다.

문득, 시야에 들어온 같은 반 애의 움직임이 신경 쓰였다. 교단 위에 모아둔 노트를 들어 올리고 있었다. 아까 수업 끝날 때 선생님이 제출하라고 하신 우리 반의 노트다.

많은 노트를 들고 있어서 양손을 쓸 수 없다. 이래서야 스스로 교실 문을 열기는 어렵다고 생각해서 가까이에 있는 문을 열어 주었다.

이러면 곤란하지 않으리라고 안심하며 시선을 돌리자, 오다와 눈이 마주쳤다.

"세코 씨."

"응, 뭔데?"

"……아니. 그러고 보니, 토네패닉의 주인공에게는 또 하나의 절대적인 매력이 있다는 생각이 들지 뭔가. ─그건 다정함. 살아있는 모든 것이 필요로 하는 것, 바로 그것을 자연스럽게 줄 수가 있지. 그래서 그 히로인들은 주인공에게 끌리는 게 아닐까?"

"뭔가 장대하네."

"간단하다고 생각하는 일이, 의외로 어렵기도 하지."

"무슨 말인지 알겠어요. 최애의 D상을 원할 때 한해서, 다른 캐릭터의 A상이나 B상에 당첨되고 말죠."

"우하하! 좋은 예시로구먼. 역시 마니와 씨야."

이번에는 오다가 마니와를 극구 칭찬했고, 마니와는 쑥스러운 듯이 자기 머리를 긁적였다.

그 예시는 나에게는 깊은 감명을 주지는 않았지만, 어쩐지 이해할 수는 있었다.

나로서는 지금의 위치를 확보하는 것조차 어려웠지만, 다른 사람의 관점에 따라서는 쉽다고 말할 수도 있겠지. 그런 식으로 어느 사람에게는 간단한 일이 다른 사람에게는 어려울 때도 있다.

"하지만 혼자서 살아갈 수 있을 법한 사람도 있네요. 이를테면, 그 왜—."

나는 마니와의 시선 끝을 따라갔다. 아니, 따라가지 않아도 안다.

그 앞에 있는 것은 야자키의 자리다.

쉬는 시간임에도 불구하고, 야자키는 자기 자리에 앉아서 가져온 소설을 홀로 열중해서 읽고 있다. 그런 광경을 보는 것은 오늘뿐만이 아니다.

"실은 우리, 야자키 양과는 1학년부터 계속 같은 반이에요. 처음에는 야자키 양 주위에도 사람이 모여들었지만, 아무도 야자키 양과 마음을 터놓을 수 없어서, 최종적으로는 늘 이런 형태로 정착되죠."

"마치 카스트의 톱 오브 더 톱. 삼각형의 정점은 한없이 작아서, 거기에 도달한 자는 타인을 필요로 하지 않고 혼자서 모든 것을 해낼 수 있지. 우리하고는 다른 차원에 살아가는 걸지도 모르겠군."

"고고한 공주님이라는 느낌이 드네요. 이거 참, 쿨해요."

"쿨하다고 하면, 마니와의 최애 캐릭터인 타츠마키도 쿨하지."

"안이해요, 세코 군. 타츠마키는 얼핏 차갑게 느껴지지만, 남자애 같은 말투를 쓰거나 말끝에『쏨다』를 붙이거나, 그런 말투의 군데군데 귀여움이 배어 나오는데 그게 또 무표정과 반전 매력도 만들어서 그녀의 매력이 폭발적인 것으로—"

"아, 응. 경솔한 소리를 했어. 분명 아자키의 성격이랑은 전혀 다르네."

내가 그렇게 말하자, 마니와는 이해했다면 그것으로 됐다며 고개를 끄덕였다. 타츠마키의 매력을 전하는 데 많은 말은 필요로 하지 않는다고 말했던 마니와는 어디로 갔는지. 역시 최애 문제가 되면 수다가 멈추지 않게 되기 마련일까?

"……응?"

조금 떨어진 곳에서 시선이 느껴졌다. 그 방향은 아까 전 내가 시선을 향했던 곳이었다.

심장의 고동이 격렬해졌다. 지금 돌아보면 눈이 마주칠 것 같다. 그 상황을 피하고자 고개가 돌아가지 않도록 힘을 주어 고정했다. ……어째서?

왜냐하면 그 애는 혼자 있는 시간을 즐기고, 내가 그걸 방해하게 되니까. ……그 애의 마음 따위는 언제 들었는데?

게다가 어째서인지는 모르겠지만, 시선을 보내고 있는 것은 상대방이다.

애당초 나는 어쩌고 싶은 거지? 같은 공간에 있든 각각 다른 곳에 있든, 그 애를 생각하는 주제에. 겁쟁이가 되어서 아직 말을 못 걸고 있다.

그런 건 여태까지의 나와 마찬가지잖아.

나는 마음을 먹고 뒤를 돌았다. 역시 그 애와 눈이 마주쳤다. 그 애의 야무지고 예쁜 눈동자가 내 눈을 바라보고 있다. 가슴의 고동이 손끝까지 느껴질 만큼 격렬해졌다.

"오다. 마니와. 나 잠시 다녀올게."

"엥, 어디로요?"

"세코 씨, 무운을 빌겠네."

"그래, 고마워."

"어라. 사태를 이해하지 못 한 건 나뿐인가요?"

연애의 달인인 오다는 알아챈 모양이지만, 마니와는 곤혹스러운 기색을 보였다. 미안하지만 설명할 여유는 없다. 결심이 흔들리기 전에 행동하고 싶다.

나는 친구들의 곁을 떠나, 그 애의 자리를 향해 똑바로 걸어갔다.

그 찰나에 우리는 서로를 바라보고 있는 상태였다. 부끄럽다. 하지만 그 애의 눈동자가 시선을 피하는 것을 허락하지 않았다. 그만큼 그 애는 매력적이었다.

"야, 야쟈키!"

그리고 나는 입을 열자마자, 그 애의 이름을 성대하게 삑사리 내고 말았다.

약 14년 남짓이라는 아직 짧은 인생이기는 했지만, 지금만큼 부끄러운 적은 없다. 쥐구멍이 없다면 파고서라도 들어가고 싶다. 아마도 내 얼굴은 새빨개졌으리리. 이 모습을 본 그 애는 어떻게 생각할까? 그런 상상만 해도 또다시 부끄러워진다.

"후훗."

그 애의 이름을 부른 채 굳어 버린 내게, 그 애, 야쟈키는 미소를 보냈다. 그때 이후 처음 보는 그 웃는 얼굴에 나는 다시 반해버리고 말았다.

"왜 그래, 세코 군."

"내, 내 이름을, 알고 있었어?"

"……응. 같은 반이니까 당연하잖아."

야쟈키가 내 이름을 안다는 사실을 알고서 기뻐한 것도 잠시, 내가 특별한 게 아니라는 사실이 판명된 터라 기분은 살짝 가라앉고 말았다. 하지만 역시 야쟈키가 내 이름을 알고 있는 것은 기쁘다.

"그게. 야자키와 얘기를 하고 싶어서."

"어머, 우연이네. 나도 세코 군과 얘기를 하고 싶었어."

"어, 왜?!"

"아까…… 저 애들과 얘기했던 것 같은데, 그 와중에 내 이름이 나오지 않았어?"

"아, 아아…….."

곤란하다. 친구들과 나눈 대화가 들렸나 보다.

딱히 험담을 한 건 아니지만, 솔직히 말하기는 거북하다. 게다가 내가 토네패닉을 애독하는 사실을 야자키에게는 들키고 싶지 않다.

그렇다고 해서 차마 거짓말을 할 수도 없어서 흐리멍덩한 대답을 하기로 했다.

"미안. 야자키의 이미지에 대해서 좀 얘기했어."

"내 이미지? 차갑다든가 붙임성이 없다든가, 그런 얘기일까?"

"아, 아니야! 야자키는 분명 얼핏 보면 그런 인상을 줄지도 모르지만, 그 안에 확고한 자아를 가지고 있어서, 그 신념에 따른 행동을 취하는 건 어떤 의미에서 뜨거운 마음을 가지고 있는 게 아닐까 싶어. 그 왜, 손이 차가운 사람은 마음이 따뜻하다고 하잖아. 그건 겉은 차가운 사람이라도 내면은 따스하다는 뜻 아닐까? 게다가 다른 사람의 부조리함을 시시하다고 일축한 것도, 누구보다도 평등한 마음을 가지고 있다고 할 수 있고."

나는 빠른 말로 지껄이듯이 그 애를 칭찬한 후, 감사 인사를 하고서 야자키에게 고개를 숙였다.

"……나는 그런 야자키의 멋진 삶의 방식에 구원받았어. 늦었지만 그때는 고마웠어."

아까 나는 마니와가 보여준 타츠마키에 대한 정열에 쓴웃음을 지었을 텐데, 지금 나는 그야말로 마니와와 똑같았다. 야자키를 앞에 두고서, 내가 생각하는 그 애의 매력을 본인에게 재잘재잘 떠들고 말았다.

부끄럽다. 야자키의 얼굴을 볼 수가 없다. 이대로 고개를 들지 못한 채 오다와 마니와가 있는 곳으로 돌아가고 싶을 지경이다.

그런 수상한 행동을 취할까 생각하던 때, 「세코 군, 고개를 들어.」라고 야자키의 목소리가 들려왔다. 그 음성은 무척이나 부드러워서, 그 애 자신이 이야기하는 그 애의 이미지와는 전혀 달랐다.

목소리에 따라서 고개를 들었다. 그러자 눈앞에는 환한 미소를 띤 야자키가 있었다.

"고마워, 세코 군."

그리고 어째서인지 이번에는 오히려 내가 야자키에게 감사 인사를 받았다.

야자키의 웃는 얼굴에 넋이 나간 상태에서 감사 인사를 듣자, 내 머리는 패닉을 일으켰다.

"어, 왜, 왜? 야자키 네가? 나한테 감사 인사를?"

"그야 세코 군은 나를 잔뜩 칭찬해 줬는걸."

"그럴 수가. 야자키는 그런 칭찬엔 익숙한 줄 알았어."

"……아니. 방금 같은 말은 처음 들어. 그러니까, 고마워."

방금까지도 자신의 입을 꿰매야 하나 싶었지만, 야자키에게 이런 말을 들을 수 있게 해 준다면 그때 폭주한 이 입을 용서해 줄 수 있다.

"게다가, 그건 내가 하고 싶어서 한 일이야. 세코 군이 신경 쓸 필요는 없어."

"아니, 하지만 나는 그때 분명 야자키에게 구원받았고."

"……그래. 그렇다면 이렇게 하자."

야자키는 양손 검지를 하나씩 세우고서 말을 이었다.

"답례로, 앞으로도 오늘처럼 나랑 얘기한다. 혹은 답례 빼고 그냥 반 친구로서 나와 얘기한다. ……나는 후자를 추천하는데, 어때?"

야자키가 제시한 두 가지 선택은 실질적으로 한 가지 선택으로, 어차피 나로서는 바라 마지않은 내용이었다.

오다가 말했었다. 카스트의 정점에 군림한 야자키는 다른 사람을 필요로 하지 않는다고. 하지만 나는 그렇게 생각할 수 없었다.

분명 야자키는 혼자서도 뭐든지 해낼 수 있을 법한 스펙을 갖추었다. 그래도 다른 사람을 전혀 필요로 하지 않을 리는 없다.

여태까지 그 애의 옆에 아무도 없었던 이유는 그 애를 제대로 이해해 주는 사람이 없었기 때문에. 단지 그뿐인 것 같은 느낌이 든다.

"모처럼이니까, 야자키의 추천을 따를까."

"후훗. 그쪽을 선택해 줘서 기뻐."

그 애의 좋은 이해자가 되는 것. 그것이 그 애에게 보답하는 길이 될 것 같은 느낌이 들었다.

그날 이후, 나는 야자키와 하잘것없는 얘기를 하게 되었다.

처음에는 공통 화제를 찾지 못해서, 무슨 얘기를 하면 좋을지 고민에 고민을 거듭해 좀처럼 말을 걸지 못하고 있었다.

그런 느낌으로 우물쭈물하고 있자니, 야자키의 시선이 느껴졌다.

이대로 말을 걸러 가지 않을 수도 없어서, 나는 무계획으로 몸을 내던지게 되었다.

"야자키. 어제 월요일 9시 드라마를 봤어?"

"미안해. 난 드라마를 별로 안 봐."

"그, 그렇구나. 아, 요전번 기절초풍 뉴스는?"

"미안해. 텔레비전 자체를 별로 안 봐."

이제 너무 무기력해져서 마음이 꺾일 뻔했다.

우리는 아직 서로에 대해서 아무것도 모른다. 그 때문에 공통 화제를 찾기가 어려운 것이다.

다만 같은 학교에 다니고, 같은 반이라는 공통점은 있다. 문득 진급 때 치른 시험이 떠올라 이야기를 꺼냈다.

"……요전번 시험 얘기라도 할래?"

"나는 별로 상관없는데."

"참고로 야자키는 몇 점을 받았어?"

"전부 만점이었어."

"무지 재미있는 얘기 소재를 가졌잖아! 어, 왜 그렇게 공부를 잘해? 아니, 그야 노력하기 때문인가! 우와아, 나도 전부 만점을 맞아 보고 싶다~. 그리고 만점 받았다고 말해 보고 싶다~."

"……후후. 그게 뭐야."

살짝 장난스러운 말투를 쓰자 야자키가 웃어 주었다.

좋은 느낌을 얻어서 내심 안도했다.

"세코 군."

내 이름을 부른 야자키는 내 눈을 똑바로 바라보았다.

그 눈은 아주 조금 불안하게 흔들리고 있었다.

"어째서 바로 와 주지 않았어?"

"그게, 화제를 찾을 수 없었거든."

"……그렇구나. 세코 군은 친구들과 얘기할 때도, 그렇게 화제가 떠오를 때까지 같이 있으려 하지 않아?"

야자키는 부루퉁한 표정을 지었다.

그런 표정도 짓는다고 생각함과 동시에, 그 애의 귀여운 일면을 보고 말아서 두근거리고 말았다.

"아니요, 훨씬 스스럼없습니다."

"그렇다면 나하고도 좀 더 스스럼없이 대해 줬으면 좋겠어."

"노력하겠습니다. ……하지만 실패하고 싶지 않다는 생각이
든다고."

"실패하는 게 뭐가 나빠? 우리는 아직 서로에 대해서 잘 모
르니까, 잔뜩 얘기하고, 많은 경험을 쌓아야 한다고 봐. 그리고
언젠가, 나도……."

거기에서 야자키는 오다와 마니와 쪽을 한 번 힐끗 보았다.

나는 야자키를 너무 특별하게 여겼을지도 모른다. 그야 좋
아하는 사람이니까 의식하고 마는 것이지만, 그것과는 다른,
섬세한 물건을 다루는 것 같은 행동. 야자키는 그런 태도를 바
라지 않을 텐데.

실패를 두려워하지 않고 몇 번이고 도전해야 한다. 그런 그
애의 말을 가슴속에 새기고, 나는 떠오르는 화제를 전부 꺼내
려고 했다.

물론 그 애의 반응이 좋지 않은 화제도 있었지만, 그 애는
신경 쓰지 않는 기색이었고 나도 바로 다음 화제로 넘어가려
고 했다.

점차 우리는 자연스럽게 공통 화제를 서로 제공해 이야기도
흥이 오르게 되었다.

이를테면 이런 대화를 한 적이 있었다.

"요전번 중간고사에서, 시험 직전에 문제집을 확 펼쳐서 다시 본 부분이 딱 나왔어. 이런 우연이 다 있구나 하고 감동했지 뭐야."

"어머, 그건 잘됐네. 하지만 난 우연은 없다고 생각해."

"어어. 하지만 정말로 적당히 펼친 페이지였다고."

"참고로 세코 군은 그 문제집을 처음 펼친 거야?"

"아니, 전혀. 학교에서 나눠 줘서 숙제로도 내준 거야."

"그래. 그렇다면 책에 펼친 자국이 있겠지. 게다가 시험 대책으로 전날도 세코 군은 그 문제집을 풀지 않았을까? 그렇다면 세코 군은 무의식중에 펼쳐야 할 페이지를 짐작했을 것 같아."

"으음, 부정 못 하겠어. 확실히 그 말을 들으니 우연도 아닌 것 같은 느낌이 들기 시작했어."

"이 세상 모든 사상에는 인과 관계가 있다고 생각해. 만약 그 원인을 모르더라도, 그건 그저 그 원인을 관측하지 못했을 뿐. 참고로 이 사고방식은 원인과 결과의 법칙이라고들 해."

"법칙 이름까지 나오면 당해 낼 수 없네. 그나저나 야자키는 아는 게 많구나."

"아버지의 영향일까. 아버지의 서재에 책이 잔뜩 있는데, 마음대로 읽어도 된다고 하셨으니까."

야자키의 좋은 성장 환경을 엿본 순간이었다.

그리고 또 다른 날. 야자키가 꺼낸 화제로 점심시간을 통째로 다 쓴 적도 있었다.

"세코 군은 평소, 휴일에는 뭘 해?"

"으음, 글쎄. 최근에는 오다와 마니와하고 외출하곤 해."

"저기, 미안해. 오다라는 사람은 누구야?"

"그 왜, 내가 자주 만나는 이인조 남자애 중에 몸집이 큰 쪽이야. ……어라? 야자키는 반 애들 이름을 다 파악하고 있는 게 아니었어?"

"……까먹었을 뿐이야."

"야자키도 그런 일이 있구나."

"세코 군은 나를 완벽 초인처럼 생각하는 모양인데, 나도 평범한 인간이야. 모자란 부분도 있어."

"야자키에게 결점이 있어? 떠오르지 않네."

"어머, 사교성이 나쁘기로는 정평이 나 있는데."

"그건 나도 남 말할 처지는 못 되고, 그저 마음이 맞는 사람과 여태까지 만나지 못했을 뿐 아니야? 나는 야자키와 이렇게 얘기를 해서 즐거워. 가끔 튀어나오는 토막 지식도 정곡을 찌르고, 의외로 내 보잘것없는 이야기로 웃어 주기도 하고."

"……의외는 떼고 말해. 하지만 고마워, 세코 군. 그 말을 들으니 기뻐."

나에게 감사 인사를 하며 미소 짓는 야자키.

그 웃는 얼굴을 보고 나는 넋이 나가면서도, 얼빠진 목소리로 「천만에.」라고 가까스로 대꾸했다.

이런 식으로 오다나 마니와와 이야기할 때만큼 제대로 된 대화를 손색없이 할 수 있게 되었다.

　그리고 그런 우리의 모습을 보고서, 일부 반 애들이 놀리게 되었다.

　여태까지의 부조리한 괴롭힘이 아니라 내 행동으로 인해 일어난 일이기 때문에 나 자신은 신경 쓰지 않았다. 하지만 야자키에게는 민폐일지도 모른다.

　그런 내 생각을 읽어 낸 것인지, 야자키는 뺨을 살짝 부풀리고서 말했다.

　"세코 군. 주위를 신경 써서 나에게서 거리를 둬야 하나 생각하지?"

　"아아…… 들켰어?"

　"주위 사람은 신경 쓸 필요 없어. 신경 써야 한 건 당사자인 우리의 마음뿐이야. 혹시나, 세코 군은 싫었어?"

　"그럴 리가 없지! 나에게, 이렇게 야자키와 얘기하는 시간은 더할 나위 없이 소중한 시간이고, 본심을 말하자면 잃고 싶지 않아."

　"……그래. 그렇다면 상관없잖아? 나도 신경 안 쓰니까. 세코 군이 싫지 않은 한, 주위가 어떤 생각을 해도."

　또 그 애에게 구원받은 느낌이 들었다.

　주위를 신경 쓰지 않고 자신의 의지를 관철하는 그 애의 자세는 역시 멋지다.

　그런 동경하는 그 애를 보며 다시금 생각했다.

나는 그 애, 야자키 미사를 좋아한다고.

◇

시간은 지나서, 겨울이 찾아오고 썰쌀해졌을 무렵.

여태까지 교실에서 크게 소란을 피우던 무리도 조용해지고, 귀에 들어오는 화제는 고등학교 수험에 관한 일뿐이었다.

나나 친구들도 예외는 아니라서, 어디로 진학을 희망하는지, 겨울철 특강은 받아야 하는지 따위의 이야기를 했다.

딱히 사전에 협의를 하지는 않았지만, 나와 오다는 근처 같은 고등학교를 희망한다는 사실을 알았다. 마니와는 현 내 톱 고등학교를 희망하는 모양이라서, 유감이지만 모두 수험이 잘 풀리면 우리는 진학과 동시에 헤어지게 되었다.

그때 나는 비로소 깨달았다. 야자키와도 진학을 계기로 소원해지고 마는 것이 아닐까 하고.

서둘러 그 애 곁으로 가서 진로 희망 학교를 물어보았다.

"미안해. 아무에게도 말할 마음이 없어."

그러자 이런 말을 들어서 그 이상 물을 수는 없었다.

대답해 주리라고만 생각했기 때문에, 솔직히 이 결과는 충격이었다.

야자키의 진로를 알고 싶어 하는 사람은 나 말고도 많았지만, 애당초 야자키에게 말을 걸 수 있는 것은 나 정도뿐이었기에 아무도 캐묻지 못하고 있었다.

그 때문에 그 애의 지망 학교를 들을 기회를 잃은 나는 수험 기간을 번민하며 지내게 되었다.

"정보통 오다 씨. 뭐 아는 거 없어?"

"미안하네. 야자키 씨에 관해서는 정보가 들어오지 않아. 아무리 안테나를 세워 봐도, 아는 사람이 누구 하나 없으면 의미가 없으니까."

"야자키 양은 미스터리어스한 분이라는 뜻이군요."

"얘기해 보니 의외로 그런 느낌은 안 드는데."

야자키는 결코 비밀주의는 아니고, 대화 중에 꽃이 피는 것처럼 웃는 일도 있었다.

그렇기에 진로 희망 학교를 가르쳐 주지 않았던 것은 상당히 의외였다.

"선생님들이라면 파악하고 있겠지만, 이런 시대에 개인 정보를 호락호락 가르쳐 주지는 않을 테고."

"이번에는 수험공부를 위해 노력할 수밖에 없다는 뜻인가."

"맞아요! 세코 군도 나와 같은 고등학교를 목표로 할 수 있을 만큼 학력을 올리자고요! 도와줄게요!"

"나, 나를 외톨이로 만들지 말아 주게~, 세코 씨~."

"아니, 마니와의 지망 학교는 나한테는 현실적으로 어렵잖아. 그러니까 오다, 그렇게 당장이라도 울음을 터뜨릴 것 같은 눈으로 보지 말아 줘. 마음이 아파진다고."

어쩌면 야자키도 마니와와 같은 고등학교를 목표로 할 가능성 역시 있다. 아니, 순조롭게 가면 그럴 가능성이 더 높다.

오다에게는 그렇게 말했지만, 그 애와 좀 더 같은 시간을 보내고 싶다면 그 학력 수준에 도달하게끔 지금은 공부할 수밖에 없을지도 모른다.

그 후로 나는 한층 열중해서 공부에 착수했다.

학원이나 겨울철 특강에 다니지는 않았지만, 부모님이 사주신 문제집을 철저히 풀어 대고, 모르는 부분이 있으면 마니와에게 물었다.

그 결과, 그동안 배운 내용 대부분을 어렵지 않게 풀 수 있을 만큼 실력을 쌓을 수 있었다.

그리고 맞이한 삼자 면담 날. 오늘 학교에서 나누는 대화로 수험 칠 학교가 결정된다.

"세코 군은 전부터 지망하던 고등학교를 응시하는 게 무난하겠네요."

하지만 담임이 그렇게 말해서, 지망 학교를 바꿀 수는 없었다.

물론 물고 늘어지려고는 했다. 하지만 담임은 최근의 내 성적 향상을 인정하면서도, 공립 고등학교에 수험 칠 때는 내신 점수도 중요하다는 점을 설명해 주었다.

여태까지 불성실하다고까지는 할 수 없지만, 수업에 대해서 적극적인 자세를 보이지 않았던 내 성적은 특출나게 높지 않았다.

즉, 시동을 늦게 걸었던 모양이다.

분한 결과가 되어 버리기는 했지만, 원래 지망하던 고등학교 합격은 확실하게 보증 받았기에 최근에 쏟은 노력이 전혀 무의미하지는 않았다는 점이 다행이었다.

그 후, 나를 빼고서 엄마와 담임의 면담이 시작되려는 참에 나만 먼저 교실을 나왔다.

자신에 관한 어른들의 이야기를 듣고서 얻을 것은 없기에, 이 상황에서 굳이 귀 기울여 들으려 하지 않고 교실에서 떠나기로 했다.

어디에서 시간을 때울지 고민하며 교내를 배회하고 있자니, 교내 입구에 서서 교문 쪽을 바라보는 소녀를 발견했다. 야자키였다.

"어머, 세코 군."

내 존재를 알아챈 야자키가 먼저 말을 걸어왔다.

"야자키도 이제부터 삼자 면담인가?"

"응. 어머니를 기다리고 있는 참이야."

그 애가 교문을 바라보고 있던 이유를 알 수 있었다.

"그렇구나. 하지만 거기 있으면 추우니까, 좀 더 안에서 기다리는 편이 좋지 않겠어?"

"그것도 그러네. 그렇게 할게."

내 제안을 받아들인 야자키는 실내화로 갈아 신고서 교내 입구와 이어져 있는 복도에 서 있던 내 옆으로 다가왔다. 그 순간, 내 체온이 올라가는 감각을 느꼈다.

"후후. 확실히 따뜻하네."

"……그렇지."

심정을 읽히지 않게끔, 살짝 건성으로 대답하고 말았다.

하지만 야자키는 신경 쓰지 않은 모양이라서 그대로 대화를 이어갔다.

"세코 군은 삼자 면담 끝났어?"

"응. 나까지 같이 하는 면담은 아까 막 끝났어. 지금은 엄마만 얘기하고 계셔."

"그래. 세코 군의 어머님을 한번 뵙고 싶네."

"뭘 기대하는지는 모르겠지만, 딱히 재미있는 사람은 아니라고."

"딱히 재미를 기대하진 않아. ……세코 군의 어머님이니까 만나 뵙고 싶어. 그게 이유면 안 돼?"

내 쪽을 보지 않은 채, 교내 입구 앞을 바라보면서 야자키는 그런 말을 했다.

나도 야자키에게서 시선을 떼고, 조금 먼 곳을 바라보면서 「안 되기는.」이라는 말을 쥐어줬다.

그 후로 몇 초 동안, 우리 사이에 침묵이 흘렀다.

그 침묵을 깬 것은 야자키의 웃음소리였다.

"후훗. 다행이다. 거절하면 어쩌나 했어."

"거절하지는 않아. ……어, 아니, 잠깐. 역시 부끄러운 것 같기도 해."

"안 돼. 세코 군은 한 번 허락했으니까. 이제 이 결정을 뒤집을 수는 없다고."

야자키는 그렇게 말하며 장난스럽게 미소 지었다.

그 웃는 얼굴에 또 마음이 꿰뚫린 손쉬운 나는, 결정된 듯한 현실을 기꺼이 받아들이기로 했다.

야자키는 내 어머니를 만나는 것이 기대 된다고 말하면서 다시 미소 지은 후, 살짝 화제를 바꿨다.

"그런데. 세코 군의 지망 학교는 이전부터 변함없어?"

"아아, 응. 이대로 가면 괜찮대."

"그건 다행이야. 보증을 받았다면 마음에도 여유가 생기겠는걸."

"그러게."

일부러 부정적인 쪽을 말할 의미도 없어서, 나는 긍정적인 쪽의 결과만을 이야기했다. 그러자 야자키는 같이 기뻐해 줘서, 역시 긍정적인 쪽만 얘기하길 잘했다.

그러고 보니, 야자키의 지망 학교를 물어봤을 때 딱 한 번 내 지망 학교를 얘기했던가. 그래서 야자키는 내 지망 학교를 알고 있다. 하지만 나는 결국 그 이후에도 야자키에게 지망 학교를 물어볼 수 없어서 아직도 야자키가 어느 학교에 갈 건지는 모른다.

다시금 확인한 사실에 침울해져 있으니, 조금 떨어진 곳에서 귀에 익은 목소리가 들려왔다.

"렌토, 선생님과 얘기가 끝났으니까 돌아가자."

목소리의 주인이 누군지는 뒤돌아보지 않아도 안다. 엄마다.

"어머. 혹시 세코 군의 어머님?"

역시 야자키다. 내 이름을 부르는 여성이 내 엄마라는 사실을 한순간에 꿰뚫어 보고 말았다.

야자키에게 엄마와 만나게 해 주겠다는 약속을 하고 말았지만, 역시 좋아하는 애를 자기 어머니와 만나게 하는 건 부끄럽다. 무엇보다 엄마가 무슨 말을 입 밖으로 꺼낼지 알 수가 없으니까.

그렇다면 지금 내가 해야 할 일은— 도망밖에 없다.

"아아, 면담이 끝났나 보네. 야자키의 어머님도 오실 테니, 이만 슬슬 가볼까."

나는 내가 보기에도 지독하게 어설픈 연기로 그 자리를 뜨려고 했다.

"세코 군?"

야자키에게서 살짝 압박감을 느꼈지만, 여기에서 밀리면 안 된다고 결의를 굳히고서 뒤돌아보지 않으려 했다.

다음 날에 무슨 말을 듣게 될지 알 바 아니지만, 이 자리만 극복하면 회피할 수 있다. 다음 기회가 오기 전까지는 엄마의 입을 막을 수 있다—!

"렌토. 옆에 있는 여자애는 누구니?"

그런데 어딜. 그렇게 엿장수 마음대로는 안 됐다.

앞에서 온 엄마가 야자키에게 흥미를 드러내자 내 발이 멈추고 말았다.

그리고 야자키는 그 틈을 놓치지 않았다.

"어머님. 처음 뵙겠습니다. 세코 군의 같은 반 친구인 야자키라고 합니다."

야자키는 내 앞으로 나와서, 예의바르게 인사했다.

엄마는 한순간 당황한 표정을 지었지만, 야자키의 이름을 듣고서 「아아.」 하고 중얼거리며 다정하게 미소 지었다.

"너구나. 안녕, 우리 바보 아들이 신세 지고 있어."

"아, 아뇨, 신세 지다니 그럴 리가요. 오히려 세코 군이 저와 어울려 준다고 할까요."

"괜찮아, 괜찮아. 이제 마음껏 휘둘러도 된단다. 그쪽이 렌토에게도 상이 될 테니까."

"저기. 어머님. 야자키에게 이상한 소리를 불어넣지 말아 주시겠습니까."

이 이상 쓸데없는 말을 하지 못하게 말렸지만, 엄마는 짓궂은 표정을 지을 뿐이고 전혀 물러설 기색을 보이지 않았다.

야자키도 야자키대로, 엄마의 발언에 흥미를 드러냈다.

"세코 군에게 상, 이라고요?"

"그래, 그래. 그나저나 넌 참 예쁘구나. 렌토가 말한 그대로야."

"세코 군이 집에서 제 얘기를 하나요?"

"그야 정말, 많이 하지. 왜 같은 교실에 있는지도 모를 만큼 똑똑하다든가, 누구에게도 주눅 들지 않고 자신의 의견을 말할 수 있어서 멋지다든가, 그리고…… 자신을 구해 줬다고. …… 미사."

엄마의 표정이 문뜩 진지해졌다.

"렌토를 구해줘서 정말로 고마워."

그리고 감사의 말을 늘어놓으며 고개를 숙였다.

갑작스럽게 벌어진 일에 나도 놀랐지만, 당사자인 야자키는 눈에 띄게 당황하기 시작했다. 그 애치고는 드문 모습이었다.

"아, 고개를 드세요. 저는 제가 하고 싶은 말을 했을 뿐이지, 그 후로 주위 환경을 바꿀 수 있었던 건 세코 군 자신이 노력한 산물이에요. 그러니, 세코 군의 어머님이 제게 고개를 숙일 필요는 없어요."

"미사……."

천천히 고개를 든 엄마는 흔들리는 눈동자로 야자키를 바라본 후— 놀랍게도 그 애를 끌어안았다.

"꺄?!"

"정말 미사는 끝내주는구나! 반해 버릴 것 같아!"

"어, 어머님……."

"이봐, 이봐, 이봐, 이봐. 엄마, 역시나 너무 지나치다고요. 그보다 왜 혼란한 틈을 타서 야자키를 이름으로 부르는 건데요!"

"어머, 미사는 싫으니?"

"아, 아뇨. 결코 그렇지는 않아요."

"거 보렴, 미사는 이렇게 말하잖니. 하아, 남자의 질투는 추하구나."

"야자키는 다정하니까 엄마를 배려할 뿐이라고요!"

나는 엄마의 뒤로 돌아가서, 야자키에게서 엄마를 떼어냈다.

"자, 야자키도 이 뒤에 삼자 면담이 있다고 하니까 돌아가요."

"난 이대로 미사랑 삼자 면담을 하고 싶은데."

"그런 건 됐다고요!"

"……후후. 세코 군은 어머님을 닮았네."

"잠깐, 야자키. 그게 무슨 뜻이야?"

"왜냐하면…… 후훗."

내 질문을 듣고 야자키는 장난스럽게 웃을 뿐 대답하지 않았다. 하지만 귀여우니까 봐주게 된다. 엄마는 봐주지 않겠지만.

그 후로 거의 억지로 엄마를 끌어당겨서, 간신히 귀갓길에 올랐다.

"그렇게 될 줄 알았으니까 엄마를 야자키와 만나게 하고 싶지 않았다고요……."

"있잖니, 렌토. 다음에, 미사를 우리 집에 데리고 오렴. 좀 더 얘기하고 싶어."

"내가 지금까지 한 말을 못 들었어요……?"

"뭐 어떠니. 미사라면 네 한심한 점도 감싸줄 거야. 게다가 언젠가 들킬 테니까, 지금 가르쳐 주려고."

참으로 쓸데없는 참견이기는 하지만, 앞으로도 계속 내 치부를 숨기기는 어렵다는 것도 안다. 그야 노력은 하겠지만.

나는 일부러 과장하며 한숨을 크게 쉬었다.

"기회가 있으면 초대해 볼게요."

"엄마가 말해 놓고 이런 말을 하긴 뭐 하지만, 너에게 그런 배짱이 있을 것 같지는 않으니까 기대 안 해."

"네네, 그러십니까."

"……렌토."

"네?"

"미사와 만나서 잘됐구나."

"……네."

야자키와 관련된 엄마의 발언에 대해서 이래저래 생각할 점은 있지만, 그것만은 똑똑히 수긍할 수 있었다.

겨울 추위가 본격적으로 혹독해지기 시작하다가 잠시 꺾였을 무렵, 마침내 우리는 수험 당일을 맞이했다.

목적지에서 집합한다고 해서 수험을 치르는 고등학교로 직접 향하고, 먼저 와 있던 오다와 합류했다.

아는 사람이 있어서 마음이 든든하다고 생각했었지만, 수험 번호를 확인해 보니 오다하고는 배정된 교실이 달라서 잠시 헤어졌다. 같은 중학교 학생이라고 당연하게 같은 교실로 모일 수 있는 것은 아닌가 보다. 부정행위 방지를 생각하면 타당한가.

오다가 떠나자 순식간에 불안해져서 작은 문제가 생기기는 했지만, 나는 쓸 수 있는 힘을 다 썼다고 말할 수 있는 결과로 시험을 끝마쳤다.

그리고 또 시간이 지나 일주일 후, 나는 다시 수험을 치른 고등학교로 향했다. 나뿐만 아니라 우리 중학교는 물론이고 다른 중학교 학생들도 와 있었다.

그렇다, 오늘은 합격 발표 날이다.

시간이 되면 교사 앞 게시판에 합격자 수험 번호가 붙게 된다.

"으으. 긴장되는군, 세코 씨."

"괜찮다니까. 우리라면 붙을 거라고."

나는 긴장으로 떨리는 오다의 어깨를 두드리며 그 시간을 기다렸다.

"왔다!"

둥글게 만 커다란 종이를 들고 있는 고등학교 교사가 두 명 다가오자, 어디라고 할 것 없이 여러 목소리가 들려왔다.

손을 맞잡고 기도하는 사람, 현실을 알기를 거부하며 눈을 돌리는 사람, 그저 종이가 게시판에 붙는 모습을 바라보는 사람 등등. 다양한 인간 군상을 볼 수 있는 와중에, 마침내 그 결과가 발표되었다—.

"해, 해냈다아아아아아아."

"있어! 있다고!"

"아, 아하하……. 없어……."

"못 보고 놓쳤을 뿐이야. 내 번호는 반드시 있을 거야. 찾아라, 찾아라, 찾아라."

게시판 앞에 모인 학생들이 환성이나 비명을 내지르는 와중, 나는 내 손에 있는 숫자를 확인하고 승리의 포즈를 취했다.

"세코 씨! 내 수험 번호가 있어! 있다고!"

"나도 있어, 오다. 고등학교에서도 잘 부탁해."

"후우…… 물론일세. 나와 세코 씨가 함께하는 해피 하이 스쿨 편이 시작되니까 말이지."

"그건 어떤 고등학교 생활인데?"

"너무 세세한 건 신경 쓰지 말게. ……이런, 실례. 어머니께 결과를 전해야겠군. 전화를 하고 올 테니, 잠시 자리를 비우도록 하지."

"천천히 다녀와."

오다가 떠나가자 나는 혼자 남았다.

"……흠,"

그럼, 이로써 길고도 짧았던 수험이 끝나고 일단락이 지어진 참인데, 나는 그다음을 생각해야만 한다.

야자키 문제이다.

아마도 야자키와 나는 각각 다른 고등학교에 다니게 될 것이다. 소속된 커뮤니티가 다르면 아무래도 관계가 소원해지기 마련이다.

　그렇다면 야자키와의 관계 수치가 가장 높은 건 지금이 아닐까?

　그렇게 되면 내가 고백할 절호의 타이밍은 중학교를 졸업할 때까지 남은 기간뿐이다.

　각오를 다져라, 렌토. 내 마음을 전할 뿐이다. 결과가 어떻게 되든 간에 야자키에게 내 마음을 전하는 거다.

　내가 이미 긴장한 것일까? 눈앞에 야자키의 모습이 보였다.

　"세코 군."

　놀랍게도 환청까지 들리는 지경이다. 이런 내가 고백 당일까지 버틸 수 있을까?

　"세코 군?"

　아아, 의아하게 고개를 갸웃거리는 야자키도 귀엽네.

　"……무시하다니 서운해, 세코 군."

　"헉?!"

　제정신을 차리고 몇 번이나 눈을 깜빡였다. 하지만 야자키의 모습은 사라지지 않았다.

　눈앞에 보이는 야자키는 환각 따위가 아니라, 의심할 여지 없는 야자키 본인이었다.

　그 애는 뺨을 살짝 부풀리며 나를 가볍게 노려보고 있었다.

　"……어, 야자키?"

　"세코 군. 아까 전부터 불렀는데, 어째서 반응해 주지 않는 거야?"

"어, 아니, 어? 잠깐만 기다려 봐. 어째서 야자키가 여기에 있는 거야?"

"어째서냐니…… 후훗. 아직 못 알아챘어? 혹시 세코 군도 상당히 긴장하고 있었던 걸까?"

야자키는 키득키득 품위 있게 웃은 후, 손에 들고 있던 수험표를 보여 주었다.

"당연히 나도 여기에 수험을 치렀으니까 그렇지."

야자키가 보여 준 수험표에는 내가 수험을 치른 고등학교와 완전히 똑같은 이름이 적혀 있었다.

"아까 작게 승리 포즈를 취했으니, 세코 군도 붙은 거겠지."

"어, 봤어?! 부끄럽네……. 아니, 그게 아니라. 미안한데 야자키, 다시 한번 말해 줘."

"세코 군이 게시판을 본 후, 손으로 작게 승리 포즈를……."

"그 전에 한 말! 부끄러우니까 두 번이나 말하지 마!"

"후훗, 미안해. ……나도 세코 군과 같은 고등학교에 다니게 되었어. 그러니까 세코 군, 앞으로도 잘 부탁해."

"……어어어어어어어어어어어어어?!"

그날, 이 고등학교에서 가장 큰 목소리를 낸 사람은 틀림없이 나였을 것이다.

그만큼 야자키의 입에서 나온 사실은 충격적이었다.

◇

　새로운 교복을 입고, 3년 동안 다니게 될 학교로 향했다.

　졸업한 중학교도 걸어 다닐 만큼 가깝고, 앞으로 다닐 고등학교 역시 걸어서 다닐 수 있을 정도로 가깝다. 이곳에 집을 마련하신 부모님께 감사한다.

　학교에 도착해 미리 전달 받았던 교실로 향하자, 이미 대부분의 반 애들이 모여 있었다.

　그중에는 오다, 그리고 야자키가 있었다.

　두 사람에게 말을 걸려고 하자, 나와 거의 동시에 들어온 담임처럼 보이는 교사가 교단에 섰다.

　"여어, 자리에 앉아라. 이제부터 입학식 회장으로 안내할 테니 출석을 부르겠다."

　의욕이 느껴지지 않는 말투로 말하는 여자 선생님의 지시에 따라서, 나는 두 사람에게 인사를 하는 것을 단념하고 자리에 앉았다.

　그러고 나서, 우리 반의 담임인 마츠이 선생님의 가벼운 자기소개가 있었다. 그다음 우리는 입학식 장소인 학교의 체육관으로 이동했다.

　그 이동 중에, 같은 반 애들의 대화가 들려왔다.

　"저기 봐, 저 애 엄청 예쁘지 않아?"

　"그래. 우린 운이 좋네."

"저기, 봐봐. 저 애 피부도 진짜 고와."

"머리카락도 예뻐……. 눈도 크고 콧날도 오뚝하고, 정말로 우리랑 같은 인간일까?"

그 대화는 어느 것이나 야자키를 칭찬하는 말이었다.

알고 있기는 했지만, 야자키의 미모는 중학교뿐만이 아니라 고등학교에서도 통하는 모양이다. 같은 반 애들은 야자키를 힐끔힐끔 보면서 서로 감상을 말했다.

한편, 당사자는 그런 칭찬에도 전혀 개의치 않은 기색이다. 그런 태도 역시 멋지다는 말을 듣고 만다. 최강이다.

나도 이렇게 되리라고는 예상했었다. 조만간 교내에서 야자키를 둘러싸고서 분쟁이 일어나리라는 사실도.

그래서 살짝 초조했다. 내가 야자키와 같은 고등학교에 다닐 수 있다는 것을 알고 안도한 마음도 잠시, 라이벌이 격렬하게 늘어났다는 사실을 깨닫고 말았기 때문이다.

거기에서 나는 생각한 것이다. 선수를 쳐 버리면 되지 않나 하고.

합격 발표 날에 한번은 각오한 몸이다. 타이밍이 조금 뒤로 밀렸을 뿐이지, 내 각오는 변함없다.

입학식 후, 담임에게서 가볍게 학교생활에 관한 설명을 듣고, 이어서 반 애들의 자기소개를 마치자 첫 날이 끝났다.

마츠이 선생님의 「자, 오늘은 이만 해산.」이라는 목소리를 신호로, 나는 곧바로 야자키 곁으로 향하여 말을 걸었다. 이다음에, 나와 같이 교사 뒤로 와 달라고.

야자키는 흔쾌히 허락했다.

그리고 익숙지 않은 교내를 걸어, 야자키와 함께 교사 뒤까지 걸어갔다. 그 사이, 내 심장은 날뛰어 대서 입 밖으로 튀어나오지는 않을지 걱정되었다.

인적 없는 교사 뒤에 도착하자 나는 발길을 멈추고 야자키와 마주 보았다.

"왜 그래, 세코 군?"

바람이 불어오자, 그 애의 흩날리는 머리카락과 벚꽃 잎 눈보라가 환상적으로 보였다.

나는 그런 그 애의 모습에 넋이 나가면서도, 내 마음을 고백했다.

"좋아해……. 사귀어 줘!"

이 무슨 멋대가리 없는 고백의 말인지. 어제 밤늦게까지 고민한 「내 최강의 고백」은 아까 전부터 날아가 머리 한구석에조차 남아 있지 않다. 눈앞에서 그 애의 모습을 마주한 순간, 준비했던 고백의 말이 머릿속에서 깨끗이 사라져 버린 것이다.

아직 추위가 남은 계절, 초봄. 그런데 얼굴은 뜨거워져서 귀까지 열기가 느껴졌다.

그 애는 내 고백에 한순간 놀란 표정을 지었다. 원래부터 커다란 눈이 더 크게 떠졌다.

나는 숨을 삼켰다. 그 애의 눈길을 피해 버리고 싶다. 하지만 대답을 들을 때까지는 움직일 수 없다.

그 애의 움직임에 주목한다. 그리고 다음 순간, 그 애의 매끄러운 입술이 열리고―.

"미안해."

그 애는 미안하다는 듯이. 하지만 명확하게 그렇게 말했다.

제2화 신기한 델타

　고등학교 입학식 날, 좋아하는 사람에게 고백한 나는 허무하게 깨지고 말았다.

　하지만 한 번 실패했다고 해서 포기할 수는 없다. 나는 배운 것이다. 몇 번이고 도전하는 것이 중요하다고. 그러면 언젠가 그 노력은 꽃을 피운다고.

　하지만 매일 똑같이 「사귀어 줘.」라고 말하는 것은 섬뜩하게 느껴졌다. 내 마음이 거짓이 아니라는 사실도 전하고 싶고, 무엇보다 그 애의 웃는 얼굴을 보고 싶다.

　그 밖에도 고백하기 좋은 상황을 연구하면 고백이 성공할 확률도 올라가지 않을까, 하는 생각도 했지만 좋은 아이디어는 떠오르지 않았다.

　결국 비책을 떠올리지도 못한 채 잠들고, 다음 날 나는 또다시 야자키에게 고백했다.

　"어제 미처 말 못 했는데 고등학교 교복도 잘 어울리네, 야자키! 좋아해, 사귀어 줘!"

　나는 교실, 그것도 주위에 반 애들이 있는 상태임에도 불구하고 야자키에게 고백했다. 그 애를 앞에 두고 내면의 충동을 억누를 수 없었던 결과였다.

　"어머, 고마워. 우리 학교 교복 디자인은 꽤 마음에 들어."

고백에 대한 대답이 돌아오지 않았으니 두 번째로 깨지게 된 것이겠지만, 나는 그 애의 입가가 싱글거리는 모습을 보고 살짝 안도했다. 고백하기 전에 그 애를 칭찬했기 때문일까?

"저 녀석 뭐야, 갑자기 고백? 멍청이냐."

"픕. 차였잖아."

"흐음, 재미있는 녀석이네."

주위에서 나를 비웃는 소리가 들려왔다. 그건 어쩔 수 없는 일이라서 그 비웃음이 신경 쓰이지는 않았다. 하지만―.

"너희들, 왜 웃는 건데? 남의 필사적인 모습을 보고서 웃다니, 시시한 애들이네."

어째서인지 가장 큰 피해자일 야자키가 가장 신경 써서 나를 감싸 주었다.

야자키가 노려보자 반 애들은 겸연쩍은 표정을 지으며 우리에게서 시선을 돌렸다.

이 상황을 만든 장본인이 감사 인사를 하는 것도 이상하지만, 일단 인사를 해야겠다고 생각해 감사의 말을 입에 담으려고 했다. 그때, 다들 우리에게서 떨어져 있는 줄 알았던 같은 반 애 한 명이 이쪽으로 다가왔다.

가지런히 자른 곱슬기가 있는 짧은 갈색 머리카락이 특징적인 그 애는 나와 야자키 사이에 끼어들어 와 내 정면에 서서 말했다.

"너, 그러지 좀 마! 그 애도 곤란해 하잖아!"

우리 사이에 개입해 온 그 같은 반 애는 팔짱을 끼고서 콧소리를 흥 울렸다.

  "딱히 나는 곤란하지 않은데."

  "그렇다는데."

  "그런 건 비참한 너에게 다정함을 베푸는 것뿐이라고! 너도, 이런 녀석에게 다정하게 대하면 못 볼 꼴을 볼— 엄청 귀여워! 그보다 미인이네! 앗, 앗, 가까이에서 보니 훨씬 더 대박이야. 뭔가 위험해, 이제 모든 게 위험해!"

  "위험한 건 네 어휘력이야."

  "시, 시끄러워!"

  "……후후."

  우리가 으르렁거리는 와중에, 야자키는 키득키득 웃었다.

  그 웃음 덕분에 맥이 빠져 버린 우리는 서로 째려보기를 그만두고 야자키에게로 몸을 돌렸다.

  "있잖아, 괜찮아?"

  "응. 조금 전에도 말했지만 나는 곤란하지 않으니까. 하지만 말을 걸어 줘서 기뻐. 너, 다정하구나."

  "아, 에헤헤. 칭찬받았다."

  "나는 야자키 미사. 네 이름을 물어봐도 될까?"

  "나는 히나타 하루! 하루라고 불러. 나도 널 미사라고 부를 테니까!"

  "상관없어. 잘 부탁해, 하루."

"웅!"

눈앞에서 야자키와의 거리를 단숨에 좁히는 같은 반 애, 히나타. 나는 그 속도감에 압도되어 질투하고 만다.

히나타를 원망스럽게 바라보고 있자니, 그 애가 이쪽을 돌아봐서 눈이 마주쳤다. 그러자 상대방은 바로 시선을 피하고, 다시 야자키 쪽으로 향했다.

"그 애와는 같은 중학교 출신이야. 그래서 그 애의 본성은 잘 알고 위험성은 털끝만큼도 없어."

"……흐음. 세코는 전부터 이런 느낌이야?"

"그렇지는 않지만…… 어라? 나, 세코 군의 이름을 말했던가?"

나는 그 위화감을 깨닫지 못했기 때문에 의아했다. 내 이름?

야자키에게 지적 받은 히나타는 눈에 띄게 당황했다.

"아, 아까 말했어. 미사가 세코의 이름을!"

"말 안 했어. 나, 기억력은 좋은 편이야. 특히 내 발언에는 신경 쓰고 있는데."

"어, 어라? 참 이상하네. 어딘가에서 들은 줄 알았는데에."

히나타는 야자키의 가차 없는 추궁에 눈을 굴렸다.

사정은 모르겠지만 이대로 야자키에게 추궁당하는 상황을 두고 볼 수 없었기 때문에, 나는 도움의 손길을 내밀기로 했다.

"어제, 반 애들 모두 한 사람씩 앞에 나가서 자기소개를 했잖아. 그래서 일단 이름을 대기는 했어. 그때 들었던 걸 우연히 기억한 거 아니야?"

"……응. 맞아. 그때 듣고서, 우연히 기억했어. 아하하."

자기 뒤통수에 손을 대며 웃는 히나타는 아무래도 거짓말을 하는 것 같지는 않다.

야자키는 수긍했는지, 「그래.」라고만 중얼거리며 추궁을 멈췄다.

"뭐, 다시 인사할게. 나는 세코 렌토. 잘 부탁해, 히나타."

"으, 응. 잘 부탁해."

일단 나도 인사하자, 히나타는 의외로 인사에 응해 주었다.

아까 전의 일 때문에 나를 야자키에게 공개 고백하는 위험한 놈이라고 인식했을 테니, 그 애가 나하고는 잘 지내 주지 않을 줄 알았다.

"우리, 어쩐지 친해질 수 있을 것 같네."

야자키가 그런 말을 했다.

히나타의 반응을 살펴보자 알아보기 어려웠지만 작게 고개를 끄덕였다.

과연 우리 안에 나를 포함해 준 것일까? 그다지 자신감이 들지 않아서, 나는 쓴웃음을 지을 수밖에 없었다.

수업과 수업 사이에 있는 짧은 쉬는 시간에 나는 오다의 자리에 가서 그 애와 잡담하고 있었다.

"그나저나 세코 씨, 나는 놀랐지 뭔가. 설마 아침부터 그런 장면을 맞닥뜨릴 줄이야."

"폭주 기관차는 달리기 시작하면 멈추지 않아."

"폭주한다는 자각은 있군."

"일단은."

"흠. ……괜찮겠나, 세코 씨. 입학하자마자 이렇게 눈에 띄어 버려서."

"내 마음에 따른 결과라면, 주위에서 무슨 말을 해도 신경 안 써."

"그런가. 그렇다면 됐네. 한 가지 더 걱정해야 할 건 야자키 씨이지만, 그쪽은 정말로 싫다면 확실히 말할 테니 지금 상태에서는 너무 걱정할 필요는 없을지도 모르겠군. ……그런데, 지금 이렇게 야자키 씨 자리가 아니라 내 자리에 온 건, 세코 씨의 마음속에서 생각하는 바가 있는 게 아닌가?"

"무슨 소리를 하는 거야? 나는 오다와 보내는 시간도 소중히 여기고 싶어."

"세코 씨……."

"오다……."

오다와 마주 보았다. 하지만 오다는 금세 시선을 내리깔고 안경을 치켜 올렸다.

"나는 세코 씨의 절친으로서, 그런 것으로는 속아 넘어가지 않는다네. 역시 뭔가 생각하는 바가 있는 거겠지."

"······졌어. 역신 내 절친이야, 오다."

"우후후. 뭐, 아까 전에 한 말, 나는 기뻤네만."

"그래. 그리고 아까 전엔 진심이었으니까."

다시 오다와 시선을 나눴다. 우리 사이에 확실한 우정이 느껴졌다.

나와 오다는 약 1년이라는 시간을 거쳐 우정을 키워 왔다. 이렇게까지 성장한 것도 나로서는 빨랐다고 생각한다.

하지만 그런 우리와 동등한 우정을, 내 눈앞에 있는 야자키와 히나타 사이에도 느낀다.

"히나타 씨, 라고 했던가. 저 애는 남의 품에 파고 들어가는 게 특기일지도 모르겠군."

"그것만으로는 납득이 안 가. 내가 차곡차곡 돈독하게 다진 야자키와의 사이를 고작 하루, 아니, 몇 시간에 뛰어넘었다고."

"······과연. 세코 씨의 우려는 거기에 있는 거로군."

그렇다. 나는 최대의 라이벌 등장에 떨고 있었던 것이었다.

히나타는 야자키의 자리에 와서 야자키와 즐겁게 이야기하고 있다.

밝고 경쾌하게 이야기하며 다채롭게 변하는 히나타의 표정은 보고 있으면 질리지 않는다. 그런 친해지기 쉬운 그 애에게, 야자키는 마음을 허락한 웃음을 짓고 있다.

무엇보다 두 사람은 이미 서로의 이름을 부른다. 그 상황이 정말 분해서 참을 수 없다. 내 관측상, 여태까지 야자키와 그렇게까지 친해진 사람은 없었다.

　히나타의 키가 작아서 두 사람은 사이좋은 자매처럼 보이기도 하지만, 두 사람은 이제 확실히 친구 사이라고 할 수 있는 관계가 되었다.

　그런 두 사람의 모습을 관찰하고 있으니, 놀랍게도 히나타가 야자키를 끌어안았다.

　"왜 그래, 하루?"

　"에헤헤. 미사가 귀여워서~."

　"무슨 이유가 그래, 정말."

　히나타의 뜬금없는 행동을 이해하지 못하면서도, 야자키는 달라붙은 히나타를 뿌리치지 않은 채 그 애를 받아들이고 있다.

　"이봐, 저건 선을 넘었잖아!"

　"진정하고 기다리게. 세코 씨는 속이 타들어 가겠지만, 나에게는 눈이 호강하는 광경이군. 저 존귀한 순간을 좀 더 지켜보게 해 주게."

　"이봐. 야자키를 가지고 이상한 망상을 하는 건 역시 오다여도 용서할 수 없다고."

　"결단코 이상한 망상은 아닐세. 백합은 고상한 개념이라고."

　"오다 네 취미를 부정할 마음은 없지만, 야자키만큼은 안 돼."

　살짝 강하게 말하자, 오다는 「알겠네……」라고 말하며 시무룩해졌다. 오다의 열정은 알지만 그것만큼은 양보할 수 없었다.

　"그런데 마니와 쪽은 새로운 고등학교 생활이 순조로울까?"

"으음, 걱정할 필요는 없다고 보네. 적어도 세코 씨처럼 되지는 않았을 테니까."

"그것도 그래."

우리는 핫핫핫 소리 내며 마주 웃었다. 가장 큰 일을 저지른 사람은 틀림없이 나겠지. 반성은 하고 있지만 후회는 하지 않는다.

아마 마니와도 새로운 환경에서 새로운 친구를 사귀고, 우리와는 다른 커뮤니티에 점차 익숙해질 것이다. 그렇게 되면 우리는 조금 소원해지고 말겠지. 그건 쓸쓸한 일이지만, 자연스러운 흐름 같다는 생각도 든다.

나도 언젠가 새로운 커뮤니티에 속하게 되려나, 하고 생각하고 있자니, 우리 곁으로 그림자가 다가왔다.

"세코 군, 왜 나에게 와 주지 않는 거야?"

자리 가까이 온 야자키가 볼멘소리로 그런 불평을 해 왔다. 하지만 눈썹은 아래로 처졌는데 그 표정이 조금 쓸쓸하게 느껴졌다.

"아침에 있었던 일은 정말로 신경 안 써. 그러니까 여태까지처럼 대해 줬으면 좋겠는데."

"아, 응. 그건 알겠지만."

"안다면 왜 더더욱 와 주지 않는 거야?"

뭔가 추궁당하는 기분이 들어서 나도 모르게 「미안.」이라고 대답했다.

"남자끼리 좀 쌓인 이야기도 있었거든. 다음 쉬는 시간에는 그쪽에 갈게. 나도 야자키와 얘기하고 싶고."

"……그래. 그렇다면 됐어."

야자키의 표정이 평소처럼 바뀌었다. 기분 탓인지 안도하는 것처럼 보인다.

"나, 공기인가……?"

오다가 그런 말을 중얼거리는 소리가 들렸다. 그렇지 않다고. 오히려 당사자이기까지 해. 다음에 또 비슷한 일이 생기면 같이 변명을 생각해 보자고.

절친을 말려들게 하려는 계획을 꾸미고 있자니, 야자키의 뒤에서 히나타가 빼꼼 모습을 나타냈다. 그리고 오다의 책상 위를 들여다보았다. 거기에는 오다의 이름이 적힌 노트가 있었다.

"저기…… 오타 군, 이라고 부르면 될까?"

아무래도 히나타는「오다(小田)」의 한자를「오타」라고 잘못 읽었나 보다. 그럴 수가 있나?

"……음. 그 말대로 나는 오타라네."

"그 말대로는 무슨, 넌 오다잖아."

"어?! 미, 미안해, 오다 군."

"아니, 괜찮네. 오타라는 별명은 나에게 딱 맞지 않나. …… 세코 씨, 나에게 같은 반 여자애에게 별명을 불리는 기회는 좀 처럼 없다네. 배려는 고맙네만 정정해 주지 말게나."

"아, 응. 오다가 그걸로 좋다면 그렇게 해. ……그렇다는데,

히나타."

"어, 어? 오타 군은 사실은 오다 군인데, 하지만 오다 군은 자기를 오타 군이라고 하고…… 어라?"

"그래, 오다의 이름은 오타야."

"그게…… 그럼 즉, 오다 군은 오타 군이라는 소리구나."

"음."

히나타의 대답에 만족스러운 표정을 짓는 오다와 어이없는 표정을 짓는 야자키, 그리고 쓴웃음을 짓는 나까지.

히나타의 존재에 의해 우리 커뮤니티의 분위기가 바뀐 것 같은 느낌이 들었다.

"그래서 히나타 씨, 나에게 무슨 용건인가?"

"아, 응. 오타 군과 미사……와 세코는 같은 중학교 출신이지?"

"음, 그렇다네."

"굳이 말하자면 심지어 우리 세 사람은 같은 반이었어."

"흐음. 있잖아, 두 사람에게 묻고 싶은데. 세코가 미사를 따라서 이 고등학교를 선택했을 가능성은 없어?"

"이봐, 잠깐만. 그건 트집이야! 이 학교는 진학 실적이 좋고, 집에서도 가깝다고. 그렇게 되면 같은 학구 내의 미사도 우연히 같은 고등학교에 다니는 건 이상하지 않잖아?"

"변명이 술술 나오는 점이 더더욱 수상해."

"어떻게 하면 되냐고!"

히나타가 괜한 의심을 품어도 어쩔 수 없을지 모르지만, 사실을 전달해도 의심받아서야 어쩔 도리가 없다.

"후후. 세코 군이 하는 말은 사실이야. 왜냐하면 나는, 어디로 진학할지 담임 선생님 말고는 아무에게도 말하지 않았는걸. 그러니까 같은 고등학교에 다니게 된 건 정말로 우연이야. 그렇지, 세코 군?"

"맞아, 맞아."

"일단 나도 변호해 두지. 분명 당시 같은 반 학우는 누구 한 사람, 야자키 씨의 지망 학교를 파악하지 못했네. 그건 나도 그랬고, 야자키 씨에게 가까운 존재였던 세코 씨도 예외는 아닐세."

"맞아, 맞아."

"……흐음. 두 사람이 그렇게 말한다면, 응, 믿을게. 세코는 망가져 버렸고."

"동조하는 기계가 되었을 뿐인데 망가졌다는 소리는 하지 마."

내가 쓴소리를 했지만, 히나타는 흥 소리를 내며 외면했다.

"그런데, 세코 군은 부 활동에 들어갈 계획이 있어?"

야자키가 질문하자, 나는 으음 소리를 내며 고뇌했다.

"지금은 생각한 게 없으려나. 딱히 들어가고 싶은 곳도 없고. 야자키 넌 어딘가 염두에 두고 있어?"

"아니. 나도 지금으로써는 어딘가에 들어갈 예정은 없어."

그렇구나. 야자키는 내 의견을 참고하려고 한 것일까? 그렇다면 나도 다른 사람의 의견을 물어보고 싶다.

"오다 넌 만화연구부였던가?"

"음. 동지가 모인다고 들었거든. 이 길을 갈고닦으려면 안성맞춤인 환경이라고 생각하네."

"그건 좋네. 나에겐 그렇게까지 몰두할 수 있는 게 없으니까 부러워. 그리고 히나타는 육상부?"

"……흐에?"

히나타는 얼빠진 목소리를 흘리며 눈을 휘둥그레 뜨고서 어리둥절했다.

"세코 군. 왜 하루가 육상부에 들어가리라 생각한 거야?"

"어? 그야 어제 자기소개할 때, 중학교 때까지 육상을 했다고 말했으니까."

야자키의 질문에 대답하자, 야자키는 「그런 거구나.」 하고 이해했다는 투로 중얼거렸다.

그 옆에서 히나타는 나에게서 시선을 돌리고, 머리카락을 만지작거리고 있었다. 그리고 그 자세를 유지한 채로 물어왔다.

"……어째서 세코가 그런 걸 기억해?"

"아아…… 어쩌다 보니. 우연히 기억했을 뿐이야."

나는 간지럽지도 않은 머리를 긁적이면서 그렇게 대답했다.

고등학교에 진학해도 수업은 여전히 지루하다.

역시 휴일이란 언제가 되어도 애타게 바라기 마련이라는 사실을 실감한다.

오늘은 고등학교에 입학하고 나서 처음 맞이하는 토요일, 그리고 야자키와 처음 놀러 가는 날이기도 하다. 그 때문에 나는 이번 주 내내 이날을 계속 손꼽아 기다렸다.

오늘 아침은 평소보다 빨리 일어나서 머리 손질하기 등에 시간을 들였다. 아무리 해도 만족스럽지 않았지만, 출발 시간도 있으니 봐 줄 만한 정도로 완성되었을 때 일단락 지었다.

엄마에게 살짝 야유를 받았지만, 제대로 하라며 용돈을 주셨다. 야자키와 놀러 간다는 말은 하지 않았는데 어째선지 들켰다. 부끄럽다.

야자키와는 약속 장소에서 만나기로 했기 때문에, 집에서 가장 가까운 역에서 혼자 전철을 탔다. 때마침 비어 있는 자리에 앉아 쾌적하게 이동했다.

다음 역에 도착하자 낯익은 얼굴이 같은 칸에 올라탔다. 그 애는 내 얼굴을 발견하고는 한순간 얼굴을 피하더니 머뭇거린 다음 이쪽으로 다가왔다. 그리고 내 옆자리에 앉았다.

"안녕, 히나타."

"아, 안녕."

인사를 건네자 히나타는 정면으로 쳐다보면서 인사를 해 주었다.

오늘은 야자키와 외출하는 날이고, 동시에 히나타하고도 외출하는 날이기도 하다. 즉, 셋이 같이 놀러 가게 된 것이다.

오늘은 휴일이라 그 애는 교복이 아닌 사복을 입었다.

하얀 풀오버 파카에 검은 바지, 머리에는 검은 모자를 쓰고, 슬링백을 어깨에 걸친 활동적인 차림새는 히나타의 이미지에 딱 맞았다.

이웃 마을에 사는 히나타가 이 역에서 전철을 탄다는 사실은 알고 있었다. 하지만 같은 날 외출한다고는 해도 이렇게 옆자리에 앉게 될 줄은 솔직히 생각지 못했다.

이제부터 같이 이동하게 되었는데 입을 계속 다물고 있는 것은 어색하다고 생각해서 적당한 화제를 꺼내 보았다.

"오늘 볼링을 치러 가는데, 히나타는 얼마나 가봤어?"

"아…… 응. 중학생 때, 육상부원들이랑 몇 번 갔던가."

"으음, 실력자일 것 같은 예감이 드네. 나와 야자키는 완전 초보니까, 살살 해 줘."

"응, 싫은데. 그보다 볼링 치러 가자고 말을 꺼낸 건 세코, 너였지. 초심자끼리 가려고 했던 거야?"

"볼링은 어쩐지 고등학생답다 싶어서."

"……푸흡. 그게 뭐야."

"그리고 원래부터 너에게도 가자고 할 생각이었으니까. 경험자가 있으면 어떻게든 될 것 같았거든."

내가 오늘 행선지로 볼링장을 선택한 이유가 무엇인지 이야기하자, 잠시 간격을 둔 후, 나하고는 반대 방향으로 몸을 돌린 히나타가 흐응 소리를 중얼거렸다.

"그래서 오다도 부르면 초심자가 잔뜩이라 부끄럽지 않을 줄 알았는데, 오다는 만연부 활동이 있다고 했으니까."

"세코 너한테 부끄러움 같은 게 있었구나."

"그게 이래 보여도 있다고. ……그러고 보니 히나타는 어째서 육상부에 안 들어갔어?"

나는 틀림없이 히나타가 고등학교에서도 육상을 계속할 줄 알았다. 왜냐하면 히나타의 이야기를 다시 들어보니까 초등학교 저학년 시절부터 육상을 시작했고, 현 대회에도 단골로 출전하기도 한 모양이다.

하지만 그 애는 육상부에는 들어가지 않고, 나나 야자키와 같이 귀가부에 소속되어 있다. 아니, 소속되어 있다고 하자니 이상하기는 하지만.

덕분에 이렇게 토요일 아침부터 외출할 수 있다.

히나타는 내 질문을 듣고서 잠시 곤란한 기색을 보였다. 너무 집요하게 물어보면 안 되는 질문이었나 싶어서 살짝 초조했다.

"미안. 물어봐서는 안 되는 거였어?"

"어, 아니. 그런 건 아니야! 다만……."

히나타는 이쪽을 홱 돌아보고서 내 물음을 부정한 후, 자세를 정면으로 돌리고 나서 시선을 떨어뜨렸다.

"스스로도 아직 잘 모르겠으니까."

히나타는 자기 무릎 위에 놓인 왼손을 오른손으로 문질렀다. 그 몸짓에서 그 애가 정말로 고민하고 있다는 사실이 전해진다.

"세코 넌 있잖아, 내가 육상을 하는 편이 좋다고 생각해?"

히나타는 시선을 떨어뜨린 채 이번에는 반대로 나에게 질문을 던졌다.

나는 팔짱을 끼고서 고민한 후, 내 마음속에 있는 대답을 말했다.

"여태까지 노력해 온 일을 관두기는 어렵겠지만. 역시 지금의 자신이 하고 싶은 일을 우선해도 좋다고 봐."

"그건, 주위 사람이 「육상을 해야 한다」라고 말해도?"

"왜 거기에서 다른 사람 말을 신경 써야 하는데. 중요한 건 히나타 자신의 마음이잖아."

"……그런가. 응, 맞아. 그렇지…….

히나타는 만지작거리던 손을 꾹 쥐고 천천히 고개를 들면서 말했다.

"나 있잖아, 육상 말고 좀 더 하고 싶은 일이 생겼어. 그래서 지금은 그쪽에 집중하려고 해."

그 애는 마치 결의를 표명하는 것처럼 대답했다.

"그런가. 힘내."

"응."

다시 우리 사이에 침묵이 흘렀다. 하지만 이 분위기에는 아까 전처럼 불편함이 감돌지는 않았다.

전철이 울리는 규칙적인 소리나 다른 승객의 이야기 소리가 귀에 들어온다.

그 소리가 어째서인지 기분 좋게 느껴진다.

결국, 우리 사이에 대화가 오갔던 것은 그 처음뿐이었다. 하지만 히나타는 나와 단둘이 있으면 전혀 말하지 않을 줄 알았는데, 오히려 이야기를 나눌 수 있는 쪽인 것 같았다.

우리가 탄 전철이 목적지와 가까운 역에 도착하자 우리는 전철에서 내렸다.

개찰구를 빠져나오자, 그 앞에 있는 커다란 모뉴먼트 밑에 서 있는 미소녀를 발견했다. 야자키였다.

입고 있는 청바지는 그 애의 날씬하고 예쁜 다리의 실루엣을 돋보이게 하고, 걸친 재킷은 그 애의 멋진 모습을 끌어내고 있다.

야자키가 우리를 알아채자, 아까 전까지 무표정이었던 얼굴이 문득 미소로 바뀌었다. 나는 두근거리는 가슴을 억누르면서 그 애에게 말을 걸었다.

"미안, 야자키. 오래 기다렸어?"

"아니. 나도 지금 막 온 참이니까 괜찮아."

"우어어어어! 지금 입은 거 엄청 좋네! 사복도 끝내줘, 야자키! 좋아해, 사귀어 줘!"

"고마워. 하루의 차림새도 멋져. 나도 모자를 살까."

"에헤헤, 고마워. 미사는 뭐든지 잘 어울릴 것 같아~."

"어머, 나도 어울리고 안 어울리고는 있어."

오늘의 고백도 화려하게 무시당해서 멋지게 깨지고 말았다. 매일 당하니까 익숙해지기 시작했지만, 역시나 가슴에 통증이 퍼진다.

그렇다. 나는 그날부터 매일, 야자키에게 고백하고 있다. 두 번째는 나도 모르게 저지른 일이었지만, 그 이후는 내 의지로, 그 애의 다정함에 기대서 계속 도전하고 있다.

하지만 그 애에게 폐만 끼칠 수도 없으므로, 나는 매일 고백한다고 해도 하루에 한 번까지만 고백하기로 정했다. 그래서 오늘은 이 이상 타격을 받을 일은 없다. 야자키와 함께 있을 수 있는 시간을 즐기는 데 전념하자.

"그럼. 예약했으니까 지각하지 않게끔 바로 갈까."

"예약해 뒀어? 고마워, 세코 군."

"제법인데. 그래서, 가게 위치는 파악했어?"

"당연하지. 첫 외출이니까, 실패하지 않도록 단단히 준비해 왔어."

"……흐음. 미사에게 한심한 모습은 보여줄 수 없다는 건가."

히나타의 살짝 가시 돋친 말을 듣고, 나는 팔짱을 끼고서 으음 신음했다.

"그야 멋진 모습을 보여 주고 싶지만. 오늘은 단순히 이 외출을 성공적으로 끝내고 싶었을 뿐이야. 그래서 또 같이 놀러 갔으면 좋겠으니까. 게다가 내가 폼을 잡고 싶었다면, 좀 더 세련되게 안내했을 거야."

"풉. 분명 지금의 세코 넌 전부 재잘재잘 떠들어서 하나도 세련되지 않은걸."

"시끄러워."

나에게 가볍게 디스를 넣고서 키득키득 웃는 히나타를 향해 나는 적당히 대꾸했다.

역시 셋이 있을 때 히나타의 말수가 더 많다고 생각하면서, 나는 말한 대로 두 사람을 볼링장으로 안내했다.

볼링장에 도착하자, 예약한 보람이 있어서 수월하게 입장을 마친 우리는 곧바로 볼링을 치게 되었다.

볼링이 처음인 나와 야자키는 히나타에게 시범을 보여 달라고 하며 첫 순서를 맡겼다. 우리는 화려하게 스트라이크를 치는 히나타의 모습에 그저 경탄했다.

그리고 내 한심한 시작에 낙담했다. 내가 친 볼링공은 처음부터 멋지게 옆으로 빠졌다.

"후훗. 세코는 젬병이네."

"분하기는…… 하지만 직전에 멋진 스트라이크를 보여 주었으니까 아무런 대꾸도 할 수 없네."

"하루의 플레이를 보면 간단해 보였는데 실제로는 어렵구나."

"조심해, 야자키. 서투르게 공을 던지면 히나타에게 야유받을 테니까. 각오하고 던져."

"미사에게는 그런 짓 안 합니다. 미사, 괜찮으면 내가 어떻게 던지는지 가르쳐 줄까?"

"그건 고마워. 부디 가르쳐줄래?"

"맡겨줘! 어디 보자, 우선은……."

야자키가 가르침을 청하자, 히나타는 의욕이 넘치게 야자키를 지도하기 시작했다. 그 내용에 귀를 기울이고 있으니, 아무래도 히나타는 단순한 감각파가 아니라 언어화도 할 수 있는 모양이다. 히나타는 야자키에게 공을 어떻게 던져야 하는지를 정성스럽게 가르쳐 주고 있었다.

그 덕분에 야자키는 초심자의 실력으로 여덟 개의 핀을 쓰러뜨리는 데 성공했다.

"해냈어, 미사! 예이!"

"예, 예이?"

기세 좋게 하이 파이브를 요구해 오는 히나타에게, 야자키는 그 하이 텐션에 당황하면서도 하이 파이브를 받아 주었다.

이대로 가면 나만 낮은 점수를 유지해서, 두 사람의 배려를 받아 미묘한 분위기가 될 우려가 있다. 그보다는 나도 괜찮은 점수를 내서 기분이 좋아지고 싶었다.

그렇다면 내가 해야 할 일은 하나겠지.

나는 곧바로 이어지는 두 번째 투구에서도 스트라이크를 치고 자리로 돌아오는 히나타에게 말을 걸었다.

"나이스 스트라이크. 분명 연속은 더블이라고 했던가."

"아, 응. ……고마워."

"히나타는 운동신경이 좋다는 이미지가 있긴 했지만, 가르치는 것도 잘하는구나. 아까 야자키의 지도도 굉장했고."

"……에헤헤. 뭐, 그렇지? 스포츠라면 맡겨 줬으면 좋겠달까?"

"그래, 꼭 맡기고 싶어. 내 지도도!"

"어?"

히나타는 눈을 휘둥그레 뜨고 어안이 벙벙한 모습을 보였다.

"어라, 무슨 뜻인지 전해지지 않았어? 나도 히나타에게 볼링공 던지는 법을 배우고 싶거든."

"어, 아니. 전해지긴 했지만. ……괜찮겠어?"

"오히려 내가 묻고 싶은데. 가르쳐줘도 괜찮아?"

"……응. 괜찮아."

수줍어하면서 고개를 끄덕인 히나타의 지도 덕분에 나는 공을 던지는 자세를 수정할 수 있었다. 그리고 덕분에 볼링공의 궤적이 이상하게 구부러지는 일 없이 아홉 개의 핀을 쓰러뜨릴 수 있었다. 그리고 이어지는 두 번째 투구에서 스페어까지 처리했다.

"해냈어, 히나타! 가르쳐줘서 고마워!"

"아……. 으, 응! 제법인데, 세코!"

우리는 하이 파이브를 나누었다. 모르는 사람이 옆에서 본다면 내가 스트라이크를 친 녀석 같겠지.

"축하해, 세코 군."

"고, 고마워. 야자키."

축하의 말과 함께 올라간 야자키의 양손에, 나는 긴장하면서 내 손을 맞댔다.

그 후로 우리는 히나타의 지도 덕분에 그럭저럭 점수를 낼 수 있어서 첫 볼링을 즐길 수 있었다.

볼링 게임의 결과는 히나타, 나, 야자키 순이었다. 히나타의 대승이었던 사실은 말할 필요도 없으려나. 나와 야자키의 스코어는 중간까지 꽤 접전이었지만, 야자키의 기력이 부족해서 점수가 침체된 결과 내가 2등이라는 순위로 끝났다.

그대로 이어서 두 번째 게임을 시작할 예정이었지만, 야자키의 체력이 다 떨어져서 한 게임으로 끝내게 되었다.

그렇게 볼링장을 나선 우리는 다음 예정도 없이 거리로 나가게 되었다.

나는 예상 밖의 진행에 불안해졌지만, 신경 쓰였던 가게에 훌쩍 들어가 보거나, 눈에 들어온 것에 대해 흥겹게 이야기하거나 해서 다행이었다. 내 걱정은 단순한 기우였던 모양이다. 정신을 차려보니 저녁이 되어 있었다.

슬슬 집에 가자는 흐름이 되어, 우리는 처음에 모였던 역으로 돌아갔다.

"즐거웠어~."

"응. 친구랑 이렇게 휴일을 보내긴 처음이었는데, 무척 즐거웠어."

"나도 물론 대만족이야. ……또 같이 놀자. 야자키. 히나타."

"응. 다음엔 나도 어디에 갈지 생각해 볼게, 후후."

"오오. 그건 기대되네."

"기대해 주는 건 기쁘지만, 너무 허들을 높이지 말아줘."

"아하하, 미안, 미안."

사과를 하면서도 야자키라면 어떤 곳을 제안할지에 대한 기대로 가슴이 부풀어서 상상하고 있자니, 멍한 표정을 짓고 있는 히나타가 눈에 들어왔다.

"히나타?"

내가 말을 걸자 히나타는 퍼뜩 제정신을 차리고서 웃는 표정으로 말했다.

"그러게. 또 가자! 우리 셋이!"

"그래!"

"응."

다들 만족스러운 하루를 보낼 수 있어서인지, 이날을 기점으로 우리는 휴일까지 함께 보내게 되었다.

◇

고등학교에 입학한 후 세 번째로 맞이하는 월요일 아침이다.

이젠 완전히 익숙해진 통학로를 걷는다.

하지만 오늘은 차림새가 다르다. 교복이 아니라 학교 지정

운동복이다.

학교에 도착해서 교실로 향하자, 평소보다 소란스러운 목소리가 복도까지 들렸다.

나는 교실에 들어가서 똑같이 운동복 차림인 야자키를 발견했다. 나는 평소처럼 그 애의 곁으로 달려갔다.

"운동복에 맞춰서 묶은 포니테일이 평소와 다른 느낌의 야자키를 연출해서 멋져! 좋아해, 사귀어 줘!"

"어머, 고마워. 체육 시간에는 늘 묶었으니까, 무심코 버릇으로 묶고 말았을 뿐이지만."

그리고 성대하게 고백해서 꼴사납게 깨졌다.

같은 반 애들은 그런 우리의 모습을 보고 쓴웃음을 지으면서「오늘도 하네.」라고 하며 지켜보았다. 처음에는 말똥말똥 구경하는 사람도 많았지만, 지금 와서는 다들 익숙해진 모양인지 딱히 주목받지 않는다.

그런 와중에 여태까지와 다름없는 반응을 하는 사람이 한 명 있다.

"세코 너. 지금쯤은 그만둬야겠다는 생각 안 해?"

평소처럼 내 행동을 타이르는 히나타의 앞머리에는 머리핀이 꽂혀 있었는데, 나는 어디선가 그 머리핀을 본 기억이 있었다.

"히나타도…… 그, 잘 어울리네."

"아……. 으, 응. 고마워."

히나타는 한순간 부끄럽다는 듯이 앞머리를 손으로 가렸다.

하지만 곧바로 그 손을 치우더니 머리핀을 내 정면으로 들이 댄⋯⋯ 것 같다.

"정말이네. 해바라기 디자인이구나. 귀여워, 하루."

"와아, 고마워, 미사! 미사에게 그런 말을 들으니 자신감이 붙어!"

"나로서는 하루는 좀 더 자신감을 가져도 된다고 생각하는데."

"아, 아하하. 그건 어려우려나."

히나타는 애매하게 웃었다. 그 모습이 내 마음속에 무척이 나 인상 깊게 남았다.

"여어. 좋은 아침이야. 빨리 자리에 앉아라."

교실에 들어온 담임 마츠이 선생님이 평소처럼 나른한 목소 리로 말했다.

"오늘은 특히 이다음 일정이 꽉꽉 들어찼으니까. 버스도 이 미 밖에서 기다리고 있어. 출석을 부르면 바로 나갈 테니 준비 해 둬라."

평소라면 선생님의 지시에 느릿하게 따르는 우리도, 오늘만 큼은 힘차게 움직였다.

왜냐하면 오늘은 고등학교에 입학한 이후 첫 이벤트, 즉 소 풍날이다.

행선지는 학년마다 다른데, 1학년은 현 내에 있는 초심자용 산을 오르게 되었다. 또, 산을 오른 뒤에는 가볍게 캠핑 같은 것을 한 다음, 온천에 들어갈 예정이다. 아무래도 온천지로도 유명한 곳인가 보다. 소풍으로 온천을……? 그런 생각도 했지만, 아무래도 알몸으로 부대껴 놀게 하면서 친목을 도모시키려는 의도가 있는 모양이다. 이 정보는 오다가 전해주었다.

마츠이 선생님의 말씀대로, 출석 확인을 마친 다음 바로 학교 밖으로 인솔된 우리는 반의 숫자만큼 늘어선 버스 중 한 대에 올라탔다.

자리는 정해져 있지 않아서, 나는 한가운데 부근의 적당한 좌석을 골랐다.

맨 뒷좌석 외에는 좌석이 두 칸씩 짝 지어져 있었는데, 나는 오다와 함께 앉았다. 나는 창가 자리를 오다에게 양보하고 통로 쪽에 앉았다.

야자키와 히나타도 통로를 사이에 둔 반대쪽 좌석에 나란히 앉았다. 야자키는 창가 쪽에 앉고, 히나타가 통로 쪽에 앉았는데, 최근에는 그게 자연스러운 배치인 것 같은 느낌이 든다. 우리 세 사람이 같이 있을 때, 기본적으로 나와 야자키 사이에 히나타가 있기 때문이다. 그건 그날 내가 처음 교실에서 야자키에게 고백하고, 히나타가 우리 사이에 끼어들었을 때부터 변하지 않는 위치다.

버스가 출발하고 잠시 달렸을 때, 오다가 나약한 목소리로 말을 걸어왔다.

"세코 씨. 나는 이제 안 될지도 모르겠네……."

"왜 그래? 오다, 혹시 멀미해?"

"아닐세. ……졸음이, 수마가 나를 덮쳐 와서 참을 수 없는 거라네."

"단순한 수면 부족이었나. 어젯밤엔 기대되어서 좀처럼 잠들지 못했던 거야?"

"나를 우롱하는 건가, 세코 씨. 그런 유치한 원인이 아니라네. ……오늘을 대비해서 캠핑물 애니메이션을 예습했더니 도중에 시청을 멈추지 못하고, 정신을 차리니 1쿨을 단숨에 다 보고 만 걸세."

"이봐, 자제했어야지. 이유가 완전 어린애잖아."

"모, 모른다네!"

"하아. 뭐, 지금 눈을 붙여둬. 도착하면 깨워 줄 테니까."

"으으, 감사하네, 세코 씨."

그렇게 말하며 창에 기댄 오다에게 고른 숨소리가 들려오기 시작했다. 오다가 너무 빨리 잠들어서 웃고 말았다.

"어라? 오타 군은 잠들었어?"

히나타가 몸을 옆으로 내밀어 내 쪽을 들여다보며 물었다.

"그래. 아무래도 수면 부족인가 봐."

"으음, 그렇구나. 그럼 조용히 하는 편이 좋을까."

"그렇게 소란을 피우지 않는 한 괜찮을 것 같은데. 뭐, 그래 주면 고맙겠어."

"왜 세코가 감사 인사를 하는 건데."

"오다의 절친이니까. 오다의 기쁨은 나의 기쁨이야."

내가 그렇게 말하자, 히나타는 잠시 멈칫하더니 「그런가.」라고 중얼거리고 미소 지었다.

"그러고 보니 과자를 가지고 왔었지."

히나타는 자기 배낭에서 스틱형 초콜릿을 꺼냈다.

"미사, 먹을래?"

"그래. 먹을까."

"아앙."

"꽤, 괜찮아. 스스로 먹을 수 있어."

"됐어, 됐어! 자, 아앙."

눈앞에 들이밀어진 과자를 앞에 두고, 야자키는 눈썹을 아래로 늘어뜨리며 곤혹스러운 표정을 띠었다. 하지만 히나타가 물러설 기색도 없어서 체념했는지 천천히 작게 입을 벌렸다. 히나타는 기쁘게 그 입안에 초콜릿을 넣어 먹여주었다.

"달아서 맛있지?"

"응. 하지만 다음부터는 스스로 먹고 싶어."

"으음. 어쩔 수 없네."

오다가 진심으로 좋아할 법한 광경이 눈앞에 펼쳐졌다.

두 사람의 이런 모습은 이 순간만 그러는 것이 아니다. 오다의 말을 빌리자면, 때때로 두 사람의 배경에 백합꽃이 피어 있다고 한다.

"세, 세코."

"응?"

히나타가 내 이름을 부르며 아까 전부터 두 사람이 먹고 있는 과자를 내 얼굴 높이로 내밀었다. 그 손이 떨리고 있었는데, 어째서인지 그 애는 눈을 마주치지 않았다.

"응."

"응이라니. 주는 거야?"

"……응!"

"……긍정이라고 받아들일게."

히나타의 애매한 대답에 곤혹스러워하면서도, 나는 그 애의 손에서 그 과자를 집고자 손을 뻗었는데…… 히나타는 내 손을 피했다.

"어, 안 되는 거야?"

"아, 아니……. 아아, 정말! 자, 줄게!"

히나타는 살짝 자포자기한 기색으로 다시 과자를 내밀었다. 아까 전보다 위치가 낮아서 잡기 편하다.

이번에는 무사히 과자를 받을 수 있어서, 초콜릿의 달콤함으로 입안이 행복해질 수 있었다.

다만 그 사이, 히나타가 나를 곁눈질로 빤히 쳐다보지만 않았더라면 훨씬 더 과자의 맛을 즐길 수 있었을 것이다.

소란스러운 거리에서 떨어진 장소. 새소리와 나무가 바람에

흔들리는 소리가 주변을 감싼다.

삼림욕이라는 말이 있을 만큼, 사람은 자연에 둘러싸여 있으면 치유를 받을 수 있다고 한다.

하지만 내 주위에는 한껏 피폐해진 사람들이 즐비했다.

"세코 씨. 나를 놔두고 먼저 가게에……!"

그렇게 말하며 헤어진 절친의 모습을 마지막으로 본 것이 한 시간 전이었던가.

처음에는 밝은 목소리가 오갔는데, 점차 그 목소리는 잦아들고 거친 숨만 귀에 들어오게 되었다.

등산로가 정돈되어 있다고는 해도, 귀가부인 나에게는 조금 버거운 부분이 있다. 체력이 그렇게 좋지 않은 야자키에게는 그 이상이리라. 반면에 히나타는 아직 기운이 남아도는 것처럼 보였다.

"자! 힘내, 미사! 조금만 더 가면 되니까, 아마도!"

"하아…… 하아…… 그 말, 아까 전에도 들었는데……."

야자키는 히나타의 격려를 받으면서 산을 계속 오르고 있었다. 하지만 숨이 끊어질락 말락 해서, 슬슬 체력이 바닥을 드러낼 것 같다.

시선을 앞으로 돌리자, 옆길에 설치된 휴게소가 보였다. 때마침 잘됐다.

"히나타, 다들 좀 피곤해지기 시작했으니까 일단 저기서 쉬어도 될까?"

"아, 응. 그러네. 그렇게 할까."

휴게소에 설치된 벤치에 걸터앉아, 야자키는 크게 숨을 내쉬었다. 늘 반듯한 자세인 야자키가 힘이 빠져서 등을 구부린 모습은 조금 희귀하다.

"우와아. 꽤 올라왔네."

체력에 여유가 있는 히나타는 벤치에 앉지 않고, 나무 사이에서 보이는 산기슭의 풍경을 만끽하고 있었다.

"세코 군. 실제로는, 앞으로 얼마나 남았을까?"

"으음. 페이스에 따라서 다르겠지만, 앞으로 20분은 더 가야될 거야."

"……그래. 미안해. 나 때문에 꽤 늦어지고 말았지."

"신경 쓸 필요 없어. 나도 아슬아슬한 상태고. 게다가 이건 경쟁이 아니야. 어디까지나 자연 체험이니까 어떤 의미에서 삼림욕을 오래 할 수 있으니 이득일지도 모르지."

"……후후. 정말로 이득일까?"

"이득도 이득이지. 어쨌거나 숲의 안내인도 있으니까. ……어, 새소리다. 피리 같은데 리듬감이 있어서 재미있네."

"이 소리는 박새구나. 박새는 참새의 동료인데 지표 고도가 낮은 곳에 서식하니까, 마을 안에도 있곤 해."

"흐음. 그럼 꽤 아래쪽에서 우는 소리가 들렸을지도 모르겠네. 우리는 꽤 올라왔으니까."

"후후, 그러게. 참고로 우는 건 수컷뿐인데, 구애 행동 중 하나래."

"조류 세계의 수컷도 고생이구나."

지금 들리는 새소리의 주인과 나를 겹쳐보면서, 그런 감상을 중얼거렸다.

"있잖아. 무슨 얘기를 하고 있어?"

풍경 구경에 만족했는지 이쪽으로 돌아온 히나타가 그런 질문을 하면서 우리 사이에 있는 자리에 앉았다.

"숲의 안내인인 야자키에게 새에 대해서 배웠어."

"역시 그건 나를 말하는 거였구나. 그렇게 말해주는 건 기쁘지만, 자칭할 수 있을 만큼의 지식은 가지고 있지 않아."

"그런 겸손을."

"그래서, 구체적으로 무슨 얘기를 했어?"

"응? 아아, 지금 들리는 새 울음소리의 정체 같은 거야. 박새라고 한대."

"……흐음. 그렇구나. 그런데, 두 사람은 아직 배 안 고파?"

본인이 질문했음에도 불구하고 히나타는 그 답변에 그다지 흥미를 드러내지 않았다. 그 애가 짐작했던 대화 내용과는 달랐을지도 모른다.

"분명 슬슬 점심시간이겠지만, 나는 솔직히 식욕이 없어……."

"나는 보통이려나. ……아, 그렇지. 이거, 아까 발견했는데."

나는 그렇게 말하며 배낭에서 사탕을 꺼내 두 사람 앞에 내밀었다.

"아, 딸기 우유 맛 사탕. 세코, 가지고 왔었어?"

"아무래도 엄마가 넣어 주신 모양이야. 예전부터 소풍 행사 같은 게 있을 때마다 챙겨 주셨는데, 이번에도 준비하셨을 줄이야."

"세코 군의 어머님은 그 사탕을 좋아하시는 걸까?"

"사서 쟁여둘 정도니까 아마도? 뭐, 그런 건 아무래도 좋고. 이걸 먹으면서 마지막 스퍼트를 올리자. 빈속도 달랠 수 있고, 피로도 가실 것 같고."

내가 그렇게 제안하자, 두 사람은 감사 인사를 하며 각각 사탕을 받아 바로 먹었다. 달콤한 사탕 때문인지 두 사람의 입가에 웃음이 번지는 모습을 보자, 내 입매에도 웃음이 번졌다.

그럼 휴식도 취했으니 마지막 스퍼트에 힘써 보고자 벤치에서 일어서려던 그때, 히나타가 말을 걸었다.

"세코. 거기, 어떻게 된 거야?"

"어?"

히나타가 가리킨 손가락을 확인하자, 오른쪽 팔 아래 일부가 긁혀 있었다.

입고 있는 운동복은 긴소매이지만, 소매를 걷어서 피부가 드러나 어딘가에서 나무인지 뭔지에 걸렸을지도 모른다.

"우와, 못 알아챘어."

"세코 군, 괜찮아?"

"괜찮아. 발견할 때까지 깨닫지 못했을 정도니까."

"잠깐만. 나 반창고를 가지고 왔어."

그렇게 말하며 히나타는 배낭에서 꺼낸 반창고를 내 팔에 붙여 주었다. 그리고 떨어지지 않게끔, 붙여준 반창고 위를 몇 번이고 쓰다듬었다.

"고마워, 히나타."

히나타에게 감사 인사를 했다. 하지만 히나타의 손은 여전히 내 팔을 쓰다듬고 있었다.

"히나타? 반창고의 접착력에 신뢰가 너무 없는 거 아니야?"

"어? ……앗."

반쯤 농담으로 태클을 걸자, 히나타는 당황한 기색으로 나에게서 떨어졌다.

"벗겨지지 않을지 걱정했을 뿐이야! 이거! 벗겨져서 떨어졌을 때 새로 붙일 것도 줄게!"

그 애는 떠들어대듯이 말하고서 새 반창고를 한 장 주었다. 그 기세에 밀린 나는 반창고를 얌전히 받아 들고서 바지 주머니에 넣었다.

등산을 다시 시작한 지 몇십 분 후.

우리는 가까스로 도착지인 캠핑 시설이 있는 곳까지 다다를 수 있었다.

막바지 무렵에 야자키는 거의 기합으로 극복했다고 해도 과언이 아니었다. 물론 히나타가 곁에서 계속 응원했고, 나도 기분을 달랠 수 있게끔 이야기를 잔뜩 늘어놓았다.

참고로 탈락팀이 된 오다는 교사진의 차를 타고 이동해, 그 사실을 안 야자키는 벌레 씹은 표정을 지었다. 처음 보는 표정이었다. 아까 전의 등산이 야자키에게 얼마나 가혹했는지를 알 수 있는 순간이었다.

나는 야자키를 동정하면서도 새로운 일면을 볼 수 있어서 내심 기뻤다.

시간이 되자 캠핑 시설 앞 광장에 반마다 모였다. 우리 반 앞에 선 마츠이 선생님이 호령을 했다.

"좋아. 전원 다 올라온 모양이로군. 수고했어, 푹 쉬어라……라고 말하고 싶지만, 너희는 곧바로 카레를 만들어야 한다. 제대로 만들지 않으면 점심을 거르게 되니까 노력하도록."

"카레! 기대된다, 미사!"

"응…… 그러게…….."

배가 고픈 히나타는 카레라는 단어를 듣자 단숨에 텐션이 올라갔다. 등산으로 피폐해진 야자키의 저조한 텐션과는 대조적이었다.

마츠이 선생님의 지시대로, 앞으로의 일정은 밥 짓기와 카레 만들기, 즉 점심 식사 준비다.

반 안에서 몇 개의 조로 나누어 실시하는데, 조는 소풍 전날에 나눴다. 나는 야자키와 히나타, 그리고 오다까지 총 네 명으로 조를 짰다.

우리는 조마다 할당된 각각의 테이블로 이동해, 선생님들이 미리 준비해 놓은 카레 재료나 도구 등을 앞에 두고서 이야기를 나누기 시작했다.

"여기서는, 밥을 준비하는 두 사람과 카레를 만드는 두 사람으로 나누는 게 유리하려나."

막상 할 일이 앞에 생기자 기세를 되찾은 야자키는 역할을 나누고 지휘하기 시작했다. 야자키의 계획이 무척이나 효율적이라 믿음직하다.

"카레 쪽에 할 일이 너무 많은 거 아닐까?"

"그러게. 그러니 밥 짓는 쪽이 불을 피우는 것까지 해주는 걸로 부탁할게."

"음. 그거라면 카레는 재료를 써는 등의 준비가 필요한 만큼, 나는 적절한 분담이라고 생각하네."

"고마워. 세코 군과 하루는 어때?"

"나는 딱히 문제없어."

"아, 나도."

야자키의 제안이 통과하자 실제로 어떻게 할 일을 나눌지 결정하기로 했다.

"말을 꺼낸 것도 나고, 요리는 내 특기니까 카레 쪽을 맡을게."

"그, 그럼 나도 카레를 만들래!"

야자키에게 편승하듯이 히나타도 카레 만들기를 하겠다고
외쳤다.

"그렇게 되면, 자동으로 나와 오다가 밥과 기타 등등 쪽인가."

"문제없네. 고슬고슬 맛있는 라이스를 이 자연 속에 탄생시
켜 주자고, 세코 씨."

"뭔지 잘 모르겠지만, 뭐 힘낼게."

의외로 매끄럽게 분담이 정해지자, 우리는 각각 할 일에 착
수하기 시작했다.

우선 불을 지피려고 했지만, 오다에게 「세고 씨. 씻은 밥을
짓기 전에 물에 불리는 게 중요하다네.」라고 설교 당했기 때문
에 먼저 쌀을 씻게 되었다.

생쌀을 담은 소쿠리와 그 밖의 도구를 가지고, 근처에 있는
시설의 수돗가로 향했다. 이미 다른 학생들이 이용하고 있어
서, 잠시 기다린 다음 쌀을 씻고 밥솥으로 옮겼다.

"여기에 식수를 넣어야 하네. 밥을 지을 때는 쌀의 높이보다
물을 조금 더 넣는 게 중요하다네."

"오다는 박식하구나."

"흠. 어쨌거나 어젯밤에 예습하고 온 덕분이지!"

"맞아, 그랬었지."

오다의 수면 부족의 원인은 꽤나 도움이 되는 모양이라서,
그 애는 우쭐한 표정을 지었다.

물을 넣은 후에는 몇십 분 정도 쌀이 물을 흡수하는 모양이라서, 그다음은 내버려두기만 하면 된다. 밥 지을 준비는 이렇게 끝마쳤다.

"다음은 불 피우기인가. 분명 장작이 테이블 근처에 있었지."

"음. 밥솥을 놓고 오는 김에 가지러 가세나."

다음 할 일을 위해서, 일단 야자키 일행이 있는 곳으로 돌아가게 되었다.

"아야!"

때마침 테이블 근처까지 돌아왔을 때, 히나타의 짧은 비명이 들려왔다.

"하루?!"

옆에 서 있던 야자키가 곧바로 히나타의 상태를 확인했다. 히나타는 식칼을 들고 있었는데, 다른 쪽 손가락에서 피가 흐르고 있었다.

"에헤헤. 살짝 실수해 버렸어."

"괜찮아? 아프지는 않고?"

"살짝 베였을 뿐이니까 괜찮아! 걱정하지 마. 물로 좀 씻고 올게."

"나도 따라갈게."

"괜찮다니까 그러네! 미안하지만 미사는 계속해 줘! ……나 혼자서 괜찮으니까."

야자키의 동행을 거절하고 잰걸음으로 떠나가는 히나타의

뒷모습을 바라보았다. 작은 등이 평소보다 더 작아 보였다.

"크게 다치지 않은 모양이라서 다행일세. 하지만 저래서야 요리는 못 하겠군."

"그러게. ……좋아. 오다 넌 요리를 잘하지."

"음. 만한전석도 맡겨 주게나."

"만드는 건 카레지만. 저쪽을 좀 부탁할게."

"맡겨두게. ……하지만 세코 씨가 이쪽이 아니라도 괜찮은 건가?"

"나는 요리를 못 하니까~. 그럼 다녀올게."

나는 오다를 뉘두고서 아까 전에 쌀을 씻을 때 갔었던 수돗가로 돌아갔다. 그러자 수도꼭지에서 흐르는 물에 손가락을 대고 피를 씻고 있는 히나타를 발견했다. 히나타는 자신의 상처를 텅 빈 눈으로 바라보고 있었다.

"히나타."

"……어? 세코?"

"그래, 세코야."

맥이 빠진 기색인 히나타의 옆에 자리를 잡고서 히나타의 손을 들여다보았다. 아무래도 다친 곳은 왼손 약지인 모양이다.

"보건 선생님을 부를까?"

"아니, 괜찮아. 이제 피도 멎기 시작했으니까."

"그래."

히나타는 수도꼭지를 잠그고 자신의 손수건으로 손을 닦기 시작했다. 손수건의 일부가 살짝 붉게 물드는 것이 보였다.

나는 바지 주머니에 손을 찔러 넣었다.

"자, 손을 줘 봐."

"어?"

"아까 전의 보답이야."

"아."

나는 히나타의 왼쪽 손목을 부드럽게 움켜쥐고 가까이 끌어와, 주머니에서 꺼낸 반창고를 상처에 붙여 주었다.

"이거, 내가 준 거야……?"

"그래. 그대로 돌려줬네."

"……그게 뭐야."

히나타는 내 농담에 투덜거리더니, 반창고가 붙은 자신의 약지를 말똥말똥 바라보기 시작했다.

"……잘 안 붙었어?"

"……아니."

"그렇다면 다행이다. 그럼, 히나타 넌 지금부터 불 피우는 걸 도와줘야겠어."

"그런가. 나는 요리 담당에서 잘렸구나."

"잘렸다기보다는, 부상이 원인이니 어쩔 수 없이 교대했을 뿐이라고. 게다가 불 피우기도 중요한 일이야. 잠깐 기다려 봐."

나는 불 피우기용 도구를 가져오기 위해 테이블로 다시 돌아가려고 몸을 돌렸지만 그 자리에서 움직일 수 없었다.

고개를 뒤로 돌리자, 히나타가 내 옷자락을 붙잡고 있었다.

"나도 갈래."

나와 키 차이가 나서 그 애는 눈을 위로 올려다보며 말했다.

"……알았어."

딱히 거부할 이유도 없어서, 나는 히나타와 함께 테이블로 돌아왔다. 그러자 걱정하고 있던 야자키가 히나타 곁으로 달려왔다. 히나타는 야자키에게 웃어 주었다.

나는 불 피우는 도구를 챙기고 다시 아궁이로 이동해, 불을 붙이기 위해서 쭈그려 앉아 장작을 짜맞췄다. 히나타는 손을 다쳤으니, 이런 작업은 내기 하기로 했다.

"바람 부치기는 맡길게. 부채로 신선한 공기를 팍팍 보내서 화력을 올려 줘."

"응."

"장작에 직접 불을 붙이기는 어려우니까, 우선 착화제로 신문지를 쓰면 된다던데. 가볍게 둥근 모양으로 말면 더 좋대. 오다가 말해준 정보야."

"그렇구나."

"……좋아, 불이 붙었어! 바람이야, 바람! 신선한 산소를 보내!"

"알았어."

히나타가 장작 앞에다 부채를 부치기 시작했다. 그러자 재가 두둥실 떠오르고, 불길이 장작을 감싸며 커졌다.

시간이 조금 지나자 부채질을 하지 않아도 불이 격렬하게 타올랐다. 장작에도 불이 붙은 것을 확인했다.

"훗. 의외로 싱겁네."

나는 승리를 확신하고, 히나타를 향해서 손바닥을 내밀었다. 하지만 지금 나는 목장갑을 끼고 있는데, 장작 따위를 만져서 장갑이 지저분해졌다는 사실이 떠올랐다.

"이런. 이 손으로는 하이 파이브를 못 하나."

그렇게 말하며 손을 뒤로 물리자, 히나타가 한 걸음, 두 걸음, 쭈그려 앉은 상태인 내 쪽으로 이동해 와서—.

서로의 어깨를 탁 붙였다.

"여기라면 지저분하지 않겠지."

"어, 그래."

아무래도 하이 파이브 대신인 모양이다. 하지만 그 애는 몸을 떼려고 하지 않았다. 팔뚝끼리 붙어 있어서 조금 부끄럽다.

"나 있지."

약간 당황했는데, 히나타는 이 자세를 유지한 채로 말하기 시작했다.

"나 평소에 요리 같은 건 안 해. 식칼을 쥔 것도 중학교 가정 수업 이후 처음일 정도야. 하지만 미사가 요리한다고 하길래. ……니까. 하고 싶다고 생각해 버렸어."

중간에 목소리가 작아서 잘 안 들렸지만, 아무래도 히나타가 요리 담당에 자진한 이유를 이야기했던 모양이다. 요리가 특기가 아니더라도, 사이좋은 야자키와 같은 일을 하고 싶다는 것은 이해할 수 있다.

"그런데 막상 해보니 실패해서. 이렇게 폐를 끼치고 말았어."

"이런 건 적재적소야. 나도 요리는 털끝만큼도 못 하니까 이쪽 일을 하는 거고."

"나는 이쪽 일도 거의 아무것도 안 했어."

"다쳤으니까 어쩔 수 없어. 그보다 이렇게 간단히 장작에 불이 옮겨 붙은 건 히나타가 바람을 보내준 덕분이라고."

"……역시 나한테는 운동밖에 없는 걸까?"

"그럴 리 없잖아. ……분명 히나타의 운동 센스는 대단해. 저번의 볼링은 히나타 덕분에 즐겁게 칠 수 있었고. 히나타가 없었더라면 초심자뿐인 지옥 같은 볼링이 펼쳐질 뻔했어. 오늘도, 네가 말을 걸어 주거나 도와줬으니까, 야자키도 산을 끝까지 오를 수 있었고. 역시 여유 있는 사람이 곁에 있으면 마음이 든든하니까. ……그리고 넌 주위에 대한 배려가 대단하다고 생각해, 게다가 아무하고나 친해질 수 있잖아. 야자키와 그렇게나 친해진 사람은 처음이니까, 그 점은 자랑스러워해도 되지 않을까? 솔직히 말하자면 질투했어."

머릿속에 떠오르는 히나타의 장점을 하나씩 늘어놓자, 어깨가 무거워졌다.

얼굴이 뜨겁다. 불이 눈앞에서 타오르기 때문일까?

"세코는 남의 장점을 찾아내는 게 특기구나."

"되도록 입으로 말하려고 할 뿐이야. 다들, 히나타의 매력은 깨닫고 있어."

"……그런가."

잠시 간격을 두고서, 히나타는 「응.」이라고 말하며 고개를 끄덕였다.

"나도 깨달았어. 세코의 장점. ……사람이 좋은 점."

"그건 칭찬일까?"

"맞아."

"그렇구나."

침묵의 시간이 찾아왔다. 둘이 무언가를 하는 것도 아니라, 멍하니 눈앞의 불을 바라보았다.

불꽃이 타닥타닥 소리를 내며 튀고, 문득 제정신을 차린 나는 해야 할 일을 떠올렸다.

"이런. 불을 지폈으니까 밥을 지어야지. 밥솥을 가지고 올게."

"……응. 다녀와."

나는 히나타를 두고 밥솥을 가지러 테이블이 있는 곳으로 향했다.

때마침 카레 팀도 준비를 마친 모양이라서, 야자키가 이쪽 상태를 보러 와 주려는 참이었다.

"세코 군. 불은 지폈어?"

"아…… 응. 완벽해."

왼쪽 어깨에 희미하게 남은 열기 때문일까? 나는 야자키의 얼굴을 볼 수가 없었다.

◇

"맛있어⋯⋯."

무사히 완성된 카레라이스에 입맛을 다셨다.

오다의 노하우로 만든 밥은 쌀알이 고슬고슬해서 그것만으로도 맛있었고, 무엇보다 야자키가 만들어 준 카레는 감동이었다. 어쨌거나 야자키가 손수 만든 요리니까.

"어머. 하루, 가지도 먹을 수 있구나."

"으음, 바보 취급하지 말아 줄래. 나, 가지는 좋아해."

"그래. 그런데, 아까 전부터 당근을 피하는 것처럼 보이는데."

"⋯⋯그렇지 않아."

"정말일까? 그럼 내가 먹여 줄게. 자, 하루. 아앙."

"미, 미사?!"

"후후. 버스 타고 왔을 때의 보답이야."

"으으⋯⋯ 아앙."

히나타는 마지못해 입을 벌려 야자키가 먹여주는 당근을 받아먹었다. 그리고 입안에서 몇 번인가 씹은 후, 떨떠름한 표정을 지었다. 정말로 당근을 싫어하나 보다.

"음후후."

"오다."

"어, 어쩔 수 없지 않나, 세코 씨! 눈앞에서 꿈같은 광경이 펼쳐지고 있으니 이건 불가항력이라네!"

"네 주장은 이해하겠지만. 전에도 말한 대로, 두 사람을 가지고 망상하는 건 그만둬."

"으으…… 미안하네."

오다에게 쐐기를 박고, 나는 식사를 다시 시작했다.

그리고 점심 식사를 마치고서 각 조끼리 뒷정리를 마친 후, 반마다 순서대로 온천에 가게 되었다.

여탕을 엿볼 수 있지 않을까 하는 속된 대화를 하는 반 애들도 있었지만, 애초에 남탕과 여탕이 다른 건물에 있는 모양이라서 그럴 가능성은 털끝만큼도 없었다.

하지만 입욕 직후의 여자애를 볼 수는 있었다. 물론, 그중에 야자키도 있었다.

그 애를 본 순간, 여태까지 그 애에게 품어서는 안 된다고 생각했던 감정이 내 마음속에 피어올랐다.

젖은 머리카락과 뜨거운 물에 달아오른 얼굴, 그 애의 투명하고 우아함이 흘러넘치는 매력적인 색기를 접하자, 나는 그 애에게 푹 빠지게 되었다.

내 시선을 알아차린 야자키가 이쪽을 돌아보며 살짝 젖은 입술로 싱글거렸다.

내 심장이 크게 뛰었다. 한 번뿐만이 아니다. 몇 번이고, 몇 번이고. 내 안에서 튀어 나가 버릴 것처럼 격렬하게.

그 애를 원한다. 그런 감정이 내 마음속에서 소용돌이친다. 여태까지와는 다른, 정욕을 품은 감정이…….

"세코."

누군가가 내 이름을 불러서 제정신을 차렸다. 시선을 내리자 야자키와 마찬가지로 목욕을 마친 히나타가 있었다.

야자키에게 푹 빠져서 히나타가 다가왔다는 사실을 전혀 깨닫지 못했다. ……좋은 냄새가 난다.

"……히나타. 왜 그래?"

냉정을 가장하면서 무슨 용건인지 물어보자, 히나타는 「응.」이라고 말하며 새 반창고를 내밀었다.

"목욕했으니, 새것이 필요하잖아."

"오오, 덕분에 살았어. 고마워."

내 팔을 확인하고 히나타에게 감사 인사를 했다.

반창고가 입욕 전에 벗겨지고 말아서, 지금 내 팔에는 아무 것도 없었다.

"팔이면 스스로 붙이기 힘들잖아. 내가 붙여 줄까?"

"아아, 그러게. 그럼 부탁할까."

"응."

나는 그 호의를 받아들여서 히나타에게 새 반창고를 붙여달라고 했다. 그때, 그 애의 손가락에 있었던 반창고도 사라졌다는 사실을 깨달았다.

"히나타 너도 아직 새로 안 붙였어?"

"……응. 세코와 마찬가지로 손가락이면 붙이기 힘드니까. 나중에 미사한테 부탁하려고."

"그렇구나. 그럼, 야자키에게 갈까."

이다음은 다른 반의 입욕이 끝나기를 기다리기만 하면 된다. 그 사이에 셋이 바깥을 어슬렁거리며 몸을 식히는 것도 좋을지도. 그렇게 생각하며, 야자키의 곁으로 향하려 한 순간, 히나타가 내 옷자락을 움켜쥐었다.

"잠깐만."

오늘 오전에도 같은 일이 있었던 것 같은 느낌이 든다. 뒤를 돌아보자 히나타는 흔들리는 눈동자로 나를 올려다보며 말했다.

"역시…… 세코 네가, 붙여줘."

"아까 야자키한테 부탁한다고 하지 않았어?"

"……미사한테 부탁하긴 미안하잖아."

"나한테는 사양할 필요 없다는 건가. 뭐 상관없지만."

나는 히나타의 왼손 약지에 반창고를 붙였다. 붙여주기 전에 상처를 가볍게 확인했는데, 상처는 얕았고 피는 완전히 멎은 것 같아서 안심했다.

히나타는 손가락에 감긴 반창고를 바라보면서 「고마워.」라고 말해주었다. 그 목소리는 촉촉했고, 그 눈은 어딘가 황홀한 것 같았다.

"반창고, 다시 붙였어?"

우리가 좀처럼 야자키가 있는 곳으로 가지 않았기 때문이겠지. 야자키가 이쪽으로 다가오면서 말을 걸어왔다.

아까 전까지는 야자키가 멀리서 보고 있었을 뿐이지만, 근처에 오자 그 자극은 한층 더 강해져서 나를 덮쳐왔다.

"아, 응. 히나타랑 서로 도와줬어."

"그래. 하지만 말해 줬더라면 내가 했을 텐데."

"어, 아아……. 하지만 다친 사람끼리 하는 편이 스스럼없달까. 동병상련처럼."

심장의 폭주를 느끼면서, 나는 가까스로 야자키와의 대화를 마쳤다.

배려하는 대답이 돌아오리라 생각했지만, 야자키는 눈썹을 아래로 늘어뜨리고 말았다.

"……어쩐지 따돌림당하는 것 같아서 싫어. 나도 다치는 편이 좋았을까."

"어, 어어? 야자키……?"

곤혹스러워하는 나를 향해 야자키는 키득 웃어 보였다.

"후훗. 농담이야, 세코 군."

"농, 농담인가. 다행이다. 어쩐지 야자키가 말하면 진짜 같아."

"미안해. 하지만…… 곤란한 표정의 세코 군은 귀여웠어."

"솔직하게 기뻐할 수가 없네……."

귀엽다는 말을 듣고서 곤란해하는 나를 보고, 야자키는 또 키득키득 웃었다.

그 애의 웃는 얼굴을 보고 있으니, 다소 곤란해져도 괜찮다는 마음이 들기 시작했다.

"그럼. 시간이 될 때까지 바깥에 있자. 모처럼 자연 속이니까."

"응…… 삼림욕은 이미 충분히 만끽한 것 같지만."

"아하하. 뭐 그런 말 하지 말고. 바깥바람을 맞아서 시원해지는 것도 좋을 것 같아."

"그러네. 바람을 쐬는 건 찬성이야."

"좋아, 결정. 히나타도 가자."

나는 말을 걸면서 히나타 쪽을 돌아보았다.

문득, 그 애가 멀리 있는 것 같은 감각이 덮쳐왔다. 그 애는 곁에 있는데.

"응. 갈까. 셋이 함께."

그 애는 숙였던 고개를 들고서 그렇게 말했다.

제3화 히나타 하루의 사랑

내가 육상을 시작한 시기는 초등학교 2학년 시절이다.

당시 이웃에 살던 친한 언니가 참가했던 육상 클럽에 권유받은 것이 계기였다. 클럽은 초등학교까지였기에 일단 은퇴해버렸지만, 이래저래 중학교에 올라가서도 학교 육상부에 들어가서 달리기를 계속했다.

예전부터 달리기는 특기였다. 그렇다기보다는 그저 운동신경이 뛰어났던 것 같다. 노력의 결과는 여실히 드러나서 좋은 성적을 많이 남길 수 있었다. 그때 받은 갖가지 트로피나 상패는 내 보물인데, 지금도 내 방에 장식되어 있다.

이대로 고등학교에 올라가서도 육상을 계속하리라고 생각했다.

그리고 중학 시절 마지막 대회에서 나는 주위에서 쏟아지는 기대를 받으면서 스타트를 끊었다. ─그 순간, 무릎에 격렬한 통증이 퍼진다 싶더니 힘이 들어가지 않아서 나는 그대로 땅바닥에 몸을 내던지고 말았다.

구급차로 실려 가서 의사 선생님께 들은 말은 오른쪽 무릎 인대의 부상이었다. 치료 후, 재활을 열심히 하면 육상에 복귀할 수 있다는 말을 들었다. 하지만 중학 시절 마지막 대회는 돌아오지 않는다.

모두의 기대를 배신하는 것 같은 형태로 끝나고 말아서 미안한 마음으로 가득했지만, 주변 사람들은 「유감이었네.」, 「재활 힘내!」라고 염려해 주었다.

처음에는 목발을 써야 걸을 수 있어서 일상생활도 뜻대로 되지 않았다. 목발로는 너무 걷기 힘들어서, 점차 움직이는 것이 귀찮아지기 시작했다. 하지만 아무것도 하지 않으면 심심해서, 달리지 않고 할 수 있는 일은 없는지 생각했다.

"……어라?"

아무것도 없었다. 깨닫고 보니 나는 육상 외길이라서, 다른 온갖 것을 배제하고 육상에 뛰어들었다는 사실을 깨달았다. 그리고 부상 때문에 육상을 빼앗긴 지금, 나에게는 아무것도 남지 않았다는 사실을 깨닫고 만 것이다.

나는 다른 사람들은 뭘 하고 있는지 관찰하기로 했다. 같이 육상부에서 땀을 흘려온 동료들은 부 활동을 은퇴하고 나서 짧았던 머리카락을 기르기 시작했다. 여태 멋있는 느낌이었던 동급생도 어쩐지 요염해졌다.

그렇다. 나도 이걸 하자.

고등학교에 올라가서 육상을 다시 시작한다면, 머리카락을 기를 수 있는 때는 지금밖에 없다고 생각했다. 그동안 짧게 싹둑 잘랐던 머리카락이 길어지면, 나도 동급생처럼 예뻐질 수 있을까 하는 기대도 품었다.

나는 여름 방학 동안 머리카락을 자르지 않았다. 그리고 여름 방학이 끝나자 마침내 머리카락은 어깨에 닿을 듯 말 듯 하는 길이까지 도달했다. 아직 스스로는 잘 모르겠지만, 분위기는 바뀌었을까?

다들 여름철 특강으로 바쁘고, 내가 아직 그렇게까지 자유롭게 걸어 다닐 상태가 아니기도 해서, 여름 방학에는 계속 집안에 틀어박혀 있었다. 그래서 친구들과 만나는 것은 오랜만이다.

어떤 반응을 보일까 두근거리는 마음으로 교실 문을 열었다.

문이 열리는 소리를 듣고 뒤를 돌아본 동급생이 나를 보고 말했다.

"머리카락이 왜 그래? 하루 너답지 않네."

"어어, 뭔가 아니야?"

"역시 하루는 짧은 머리지!"

다들 서로 마음을 잘 아는 친구였다. 그래서 악의가 있어서 하는 말이 아니라는 사실은 안다. ……오히려 그렇기에, 무척 상처 입었다.

나는 그날 방과 후, 머리카락을 다시 짧게 잘랐다.

나에게는 멋을 부릴 권리 따위가 없다고 생각했다. 평생 육상, 혹은 무언가 스포츠에 몰두할 수밖에 없다고, 그것이 모두가 바라는 히나타 하루라고, 그렇게 믿게 되었다.

그런 나를 보다 못한 엄마가 고등학교 전단지를 가지고 와서 말을 걸어왔다.

"이거 보렴, 하루. 여기 교복 예쁘지 않니?"

"……응. 하지만 나한테는 안 어울려."

"무슨 소리를 하는 거야! 하루는 무척이나 예쁜걸!"

"……그렇지, 않아. 나 같은 건."

"아아, 그런 소리를 하면 안 돼. 있잖아, 여기 수험을 쳐 볼래? 괜찮아. 여기에 다니면 다들 이 교복이야. 당당하게 있으면 돼. 나는 여기 고등학교에 다니니까 이 교복을 입고 있다고."

솔직히 그 교복을 입고 싶다고 생각했다. 하지만 내가 그 교복을 입은 모습을 상상하자, 주위에서 「안 어울려.」라는 목소리가 들려올 것 같았다.

일단 공부를 열심히 해 볼까. 엄마에게 그런 말을 듣고서, 딱히 따로 할 일이 없었던 나는 친구와 놀지도 않고 공부만 하게 되었다.

그 보람이 있었는지, 겨울에 친 모의시험에서 그 고등학교 합격 판정으로 B가 나왔다.

뭐야, 나는 육상이 다가 아니었구나. 공부도 할 수 있지 않느냐고, 그렇게 생각해서 기뻤다.

모의시험 결과를 끌어안으면서 학원을 나서자, 주위에 커플이 많이 걸어 다닌다는 사실을 깨달았다.

그러고 보니 오늘은 크리스마스이브였다. 아무래도 내 또래 애들에게는 가족과 맛있는 것을 먹는 날보다, 연인들의 날이 되는 모양이다.

남자친구와 행복하게 걷는 여자를 보고서 내 마음이 술렁였다. 멋도 부릴 수 없는 내가, 저런 행복을 손에 넣을 수 있을까? ……그런 미래를 상상할 수 없었다.

하지만 나도 조금은 바뀌었을 것이다. 공부도 잘할 수 있게 되었다. 어쩌면 멋도 부릴 수 있게 되었을지도 모른다. 사춘기인 내 나이대 애들은 나날이 성장한다고 하니까.

집에 돌아오기 전에 잠시 다른 곳에 들러서, 역 앞 건물에 있는 잡화점으로 향했다. 거기에는 멋들어진 액세서리가 많이 늘어져 있어서 어느 것이나 다 예쁘게 느껴졌는데, 한눈에 마음에 든 것도 있었다.

……하지만 역시 나에게는 어울리지 않는다. 그런 생각이 들고 말아서, 결국 아무것도 사지 않고 돌아오고 말았다.

그리고 세월은 흘러, 마침내 고등학교 수험 당일을 맞이했다.

수험표 확인은 꼼꼼히 했다. 샤프펜슬은 고장이 잘 난다며 엄마가 연필을 권유했기에, 초등학교 이후 처음으로 연필을 깎고 준비했다. 하지만 연필 뚜껑이 없다는 사실을 깨닫고 이대로 넣으면 필통이 연필로 더러워진다고 생각해 예전에 쓰던 필통을 사용하기로 했다.

학교에 도착해 합격하면 봄부터 이 교사를 지나갈 수 있다는 생각에 가슴이 크게 뛰었다. 나는 수험 번호 순으로 지정된 자리에 앉아 필통에서 필기구를 꺼냈다.

"……아."

나는 그제야 필통 속에 지우개가 들어 있지 않다는 사실을 깨달았다. 어젯밤 필통을 바꿀 때 지우개를 옮기지 않았다는 사실을 이제 와서 알아차리다니. 운 나쁘게도 준비한 연필은 지우개가 붙어 있지도 않았다.

어쩌지? 어쩌지? 어쩌지? 어쩌지? 어쩌지? 어쩌지?

긴장했을 때 사고가 발생하자 어쩌면 좋을지 모르게 되고 말았다.

그러는 사이에 시간은 지나, 시험 감독관이 시험 중의 주의 사항을 가볍게 설명한 후 시험 개시 신호가 울렸다.

조바심이 나자, 머리 한구석에서 가까스로 냉정함을 유지하는 부분이 「일단 문제를 풀자. 틀리지 않으면 지우개는 필요 없어.」라고 속삭였다.

그렇다. 잘못 쓰지만 않으면 지우개를 쓸 일도 없다. 나는 문제를 풀기 시작했고― 첫 문제부터 잘못 쓰고 말았다.

나는 결국 패닉에 빠지고 말아서 남은 문제도 제대로 풀 수 없었다. 글씨를 잘못 쓰는 일이 일어날 가능성이 높아졌으니 당연했다.

내 수험은 끝났다. 아무것도 보답 받을 수 없었다. 결국 나에게는 아무것도 없다고 절망한 그때, 내 발에 무언가가 닿은 것 같았다. 하지만 시험 중에 발밑을 들여다보는 짓 같은 의심스러운 움직임은 쉽지 않아서, 생각을 포기할 뻔했던 머리로 이게 뭘까 하고 상상했다.

잠시 그러고 있으니, 교실을 둘러보던 시험 감독이 내 옆에 멈춰 섰다.

어, 혹시 나, 뭔가 혼나는 걸까?

그렇게 생각하고 몸을 사렸지만, 시험 감독은 그 자리에 웅크려 앉아「실례.」라고 말하고서 내 발밑에 손을 뻗었다.

"이건 네 거니?"

그리고 부러진 흔적이 있는 지우개를 내밀고 물어왔다.

물론, 지우개를 놓고 와버린 내 것일 리는 없어서「아니요.」라고 작게 대답했다.

그러자 이번에는 내 뒷자리에 있는 남자애에게 물었다.

"그럼 이건 네 거니?"

지우개는 아마도 그 애 것이리라. 선생님이 주워주셔서 다행이네. 나는 그렇게 생각했다.

"아니요, 아닙니다. 아마 앞자리 애 거예요. 아까 시야 끝에서 무언가 떨어지는 걸 봤습니다."

그러자 그렇게 말하는 소리가 뒤에서 들려왔다.

내가 잘못 들은 것은 아닌 모양이라서, 시험 감독은 의아한 표정으로 다시 한번 나에게 물어왔다.

"네 것이 아닌 거니?"

"저, 저기, 저는."

"응? 너, 지우개가 없잖아. 그럼 역시 네 것이잖니. 자, 떨어뜨리지 않도록 조심하렴."

시험 감독은 내 책상 위에 그 지우개를 놓아두고서 또 다른 곳을 둘러보러 떠나고 말았다.

이 지우개는 확실히 내 것이 아니다. 진짜 주인이 곤란할 것이다.

······하지만 지금 지우개를 자기 것이라고 주장하는 사람은 없었다.

나는 미안하다고 생각하면서······ 지우개로 글자를 지웠다.

이리하여 가까스로 첫 번째 과목 시험을 극복할 수 있었던 나는 이 지우개의 진짜 주인을 찾으려고 일어섰다. 그러자 뒷자리, 아까 「그 지우개는 앞사람 것」이라고 시험 감독에게 대답했던 남자의 책상 위에, 지금 내가 가지고 있는 지우개의 반쪽으로 보이는 것이 놓여 있었다.

내 시선을 깨달았는지, 그 남자애는 내 쪽을 보고 쑥스러운 듯이 웃었다.

"지우개가 있어서 다행이네."

그 애는 그 말만을 남기고 가방에서 다음 시험 과목 참고서를 꺼냈다. 말을 걸면 복습에 방해가 될 것 같아서, 나는 그대로 자리에 다시 앉았다.

이것이 그 애, 세코 렌토와의 첫 만남이었다.

시험을 무사히 치른 나는 지우개를 돌려주고 감사 인사를

해야만 한다고 생각해 뒷자리를 보았다. 하지만 이미 그 남자애는 사라지고 없었다.

결국 감사 인사도 하지 못하고 끝났지만, 나는 지금도 필통 속에 그때의 지우개를 소중히 보관하고 있다. 이미 부적이나 마찬가지다.

시험으로부터 일주일 후, 나는 그 고등학교에 합격했다. 합격 발표를 보러 고등학교에 가지는 않았다. 다리의 경과 관찰로 병원에 가는 날과 겹치고 말았기 때문이다. 날짜를 바꿀 수도 있었지만, 그렇게까지 할 필요성은 느껴지지 않았다.

어쩌면 그 애를 만날 수 있을까 하는 생각은 조금 했지만, 어느 한쪽이 떨어지면 대화를 할 수 있는 분위기가 아니겠지. 만약 둘 다 붙었다면, 입학 후에 얘기할 수 있을 거라고 그렇게 생각한 것이다.

……거짓말이다. 사실은 마음의 준비가 끝나지 않았고, 나에게 용기가 없었을 뿐이다.

봄 방학에 엄마와 함께 교복을 맞추러 가서 교복을 입어 보았다. 나는 옷을 입고 있다기보다 옷이 입혀져 있다는 느낌이 든다고 생각했다. 엄마와 점원 분은 교복이 잘 어울린다고 말해 주었지만, 역시 인사치레로밖에 안 들렸다.

그러자 엄마에게서 「머리카락, 염색해 보겠니?」라는 제안을 받았다. 모처럼 염색을 허용하는 학교에 들어간 데다, 머리카락을 염색하면 기분도 바뀐다는 이유를 덧붙이면서.

머리카락을 염색하다니, 내가 해도 괜찮은 것일지 고민했다. 하지만…… 뭔가 용기를 낼 계기가 필요해서. 나는 내 머리카락을 사랑하는 엄마와 똑같은 색으로 물들였다.

그리고 고등학교 입학식을 맞이했다.

두근거리는 가슴으로 등교해, 사전에 고지된 내 반으로 향하고, 앞으로 1년 동안 함께 할 반 애들과 얼굴을 마주했다.

그중에, 그 애가 있었다.

이름은 세코 렌토라고 하나 보다. 여태까지 이름을 몰랐다는 사실을 새삼스럽게 깨달았다. 얼굴은 뚜렷하게 기억하고 있었고 다른 누군가에게 그 애의 얘기를 할 일도 없었으니, 딱히 곤란한 상황이 없었기 때문일까?

입학식과 반 애들 전원의 자기소개를 마치고, 담임에게서 가볍게 학교에서 지내는 법 같은 것까지 듣고 나니 오늘 프로그램은 전부 끝났다.

모처럼 같은 반이 되었으니 곧바로 감사 인사를 하러 가야겠다고 생각해 그 애의 자리를 보았지만, 그 애는 또다시 사라진 상태였다. 서둘러 복도 쪽을 보자, 그 애가 같은 반 여자애와 함께 나가는 모습을 발견했다.

그 여자애는 무척이나 인상적이었기에 기억한다. 야자키 미사는 길고 새까만 머리카락이 예쁘고, 피부도 투명하게 비치는 것처럼 새하얘서 마치 인형 같았다. 그야말로 내가 동경하는 모습이다.

그런 그 여자애와, 어째서 그 애가 함께 나간 걸까? 그러고 보니 자기소개에서 두 사람이 말했던 출신 중학교가 똑같았던 느낌이 든다.

가슴이 술렁였다. 나는 그 느낌을 얼버무리 듯이 밝아진 머리카락을 만지작거렸다.

……역시, 나에게는 그들의 사이를 확인할 용기가 없었다.

맥없이 집에 돌아가고 만 그날 밤, 두 사람은 그 후 어디로 갔는지, 무엇을 했는지가 신경 쓰여서 참을 수 없었다. 이렇게 될 바에야 뒤를 따라갔으면 좋았을걸……. 아니, 그러면 스토커다.

다음날, 나는 일찍 등교했다. 새로운 생활이라서 의욕이 넘치는 것은 아니다. 교실에 일찌감치 도착해 기다렸다가 그 애가 등교하면 말을 걸어볼 셈이다.

교실에 도착하자 몇 명의 학생이 이미 와 있는 상태였는데, 그중에는 야자키 미사도 있었다.

어쩌지? 저 여자애에게 어제 일을 물어볼까? 한순간 그런 생각이 머릿속을 스쳤지만, 초면에 그런 것을 물어보면 이상한 녀석으로 보이고 말 테니 생각을 고쳤다.

어쨌거나 지금은 오로지 그 애를 기다릴 뿐이다.

교실에 반 애들 대부분이 모이기 시작했을 무렵, 그 애는 겨우 모습을 드러냈다.

왔다! 그렇게 생각해 그 애의 곁으로 달려가려고 했지만, 그 애는 시선을 한 곳에 집중하고 있었다. 그리고 그대로 야자키의 자리까지 가서—.

"어제 미처 말 못 했는데 고등학교 교복도 잘 어울리네, 야자키! 좋아해, 사귀어 줘!"

그 여자애에게 고백했다.

한순간, 무슨 일이 일어났는지 알 수 없었다. 하지만 주위가 술렁이기 시작함과 동시에, 내 가슴이 찢어지는 것 같은 통증이 덮쳐 왔다.

아픈 가슴을 억누르면서 그 두 사람의 동향을 관찰하고 있으니, 그 여자애는 그 애의 마음을 받아주지는 않고, 아무 일도 없었던 것처럼 대화를 이어갔다.

……조금, 마음에 들지 않았다.

내 마음의 정체가 뭔지는 모르겠다. 하지만 나도 그 애에게 교복이 어울린다는 말을 듣고 싶다. 그런 충동이 내 온몸을 덮쳐 왔다.

이 두 사람의 관계성은 전혀 파악할 수 없다. 하지만 직감적으로 알았다. 두 사람을 이대로 두면 위험하다고.

그래서 나는 두 사람 사이에 끼어들어 말을 내뱉었다.

"너, 그러지 좀 마! 그 애가 곤란해 하잖아!"

그 후로 2주가 지났다.

우리는 뒤죽박죽인 관계로 성립되어 있다. 하지만 친한 사이다.

나와 미사는 평범하게 사이가 좋다. 그 애는 겉모습뿐만 아니라 성격도 좋아서 바로 친해질 수 있었다. 서슴없이 말해서 불편하다고 하는 사람도 있지만, 그 애는 다른 사람의 눈치를 보며 말하지 않고, 주눅 들지 않은 자세가 멋지니까 나는 좋다.

세코에 관해서는, 분명 주위에서 본다면 이상해 보일 거라고 생각한다. 우리는 미사 문제로 서로 으르렁대는 관계다. 그렇게 받아들여도 이상하지 않다. 하지만 그 이외의 상황에서 세코는 나를 평범하게 대해준다. 미사를 대할 때만큼은 아니지만, 나에게도 그 다정함을 나눠 준다. 나는…… 세코와 좀 더 친해지고 싶다. 그래서 이 관계가 이어지고 있는 것이다.

그때의 감사 인사는 아직 하지 못했다. 어쩌면 세코는 그때 일 따위는 기억하지 못하는 것 아닐까 하는 생각을 하자, 먼저 말을 꺼낼 수 없게 되고 말았다.

그래서 그때의 지우개는 지금도 내 필통 속에 있다.

그런 우리 셋은 같이 외출하기도 한다. 주말에 거리로 몰려나가 쇼핑을 하거나 노는 것이다!

어딘가에 놀러 가게 되었을 때, 세코는 반드시 나도 불러준다. 사실은 미사와 단둘이 놀러 가고 싶을 텐데 어째서 나를 불러주는 걸까 생각했지만, 역시 내 입으로 물어볼 수는 없다,

세코도 이렇게 셋이 지내는 시간을 늘리고 싶다고 생각하기 때문일까? 그 둘과 함께 있는 시간은 정말로 기분이 좋다. 세코와 미사의 동향을 감시하기 위해서이기도 하지만, 이렇게 셋이 지내는 시간을 포기할 수 없기 때문에 나는 부 활동에 들어가지 않았다.

오늘은 근처 거리에 나가게 되었다. 딱히 가고 싶은 곳은 없어서 어슬렁거릴 예정이다. 이렇게 이유가 없어도 우리는 휴일에 만나서 논다. 그것이 무척이나 기쁘다.

목적지에 모이기로 해서, 집에서 가장 가까운 역에서 전철을 탔다. 그러자 내가 올라탄 칸에 때마침 세코가 타고 있었다. ……아니, 우연 따위가 아니다. 나는 세코가 이 칸에 탄 사실을 알고 있었다. 그래서 이 칸에 올라탄 것이다.

상대방도 나를 알아채고서 「여어.」 하고 손을 들었다. 그에 대해서 나는 「안녕.」 하고 퉁명스럽게 대꾸하고서 세코 옆에 앉았다.

세코는 지나치게 힘주지 않은 정도로 멋을 부렸다. 만약 이게 미사와의 데이트였다면, 그 애는 좀 더 의욕에 불타서 준비할까? 나와 단둘이 같이 외출할 때는 어떤 차림을 할까? 그런 생각을 하고 있으니 가슴이 답답해졌다. 하지만 나를 답답하게 하는 원인이 무엇인지는 모르겠다.

미사는 평소 놀러 갈 때 부모님이 차로 바래다주기 때문에, 약속 장소에 도착하기 전까지 나는 세코와 단둘이 있게 된다.

"야자키도 아까 집을 나섰대."

"어? 어째서 세코가 그걸 알아?"

"야자키한테서 연락이 왔잖아. 이거 봐."

그렇게 말하며 세코는 자신의 휴대 전화 화면을 보여 주었다. 거기에는 우리 그룹 대화방 화면이 열려 있었는데, 확실히 미사에게서 출발했다는 메시지가 와 있었다.

"정말이네. 아침엔 외출할 준비로 정신이 없어서 못 봤어."

"매번 생각하지만 히나타의 차림새는 각이 잡혔는걸. 그야 외출 전에는 바쁘려나."

"……어?"

지금, 세코는 뭐라고 했지? 각이 잡혔다고? 뭐가? 내 옷차림새가??

각이 잡히다니, 사복 패턴이 일정하다는 뜻? 하지만 나는 의식해서 매번 다른 옷을 입고 오니까, 사복 패턴이 정해졌다면 아침이 분주하지 않을 거고. ……그렇다면 세코가 내 차림새를 칭찬해 준 건가?

나는 내 차림새를 멋지다고 생각한 적이 없다. 파카에 반바지라는 무난한 조합에, 검은 야구 모자를 썼을 뿐. 거울에 비친 내 모습을 보며 조금도 귀엽지 않다고 생각했다. 하지만 늘 시간을 들여 내 나름대로 무엇을 입을지 고민한다.

어째서일까? 지금, 전철 창문에 비치는 내 모습이 괜찮아 보이기 시작했다.

나는 멍하니 내 모습을 바라보았다. 그 때문에 배가 불러 있는 여성이 근처에 있다는 사실을 세코보다 늦게 알아챘다.

"어서 여기에 앉으세요."

"앗."

세코가 자리에서 일어서서 그 여성에게 자리를 양보했다.

평소라면 나도 바로 알아채서 양보할 텐데 세코가 선수를 치고 말았다. ……세코가 나를 임신부에게 자리를 양보하지 않는 사람이라고 생각하면 싫은데.

여성은 세코에게 감사 인사를 하고서 내 옆에 앉았다. 그리고 내 귀 가까이에 입술을 대고서 귓속말을 했다.

"남자친구는 좋은 사람이구나."

그 말을 들으니 귀에 열이 올랐다.

"아, 아니에요! 세코와는 그런 사이가 아니에요!"

나는 필사적으로 부정했지만, 여성은 그런 내 모습을 보고서 키득거리며 웃었다.

"모자, 잘 어울려. 하지만 좀 더 얼굴을 보여줘야 너를 좋아하게 될지도 모르지. 사람은 몇 번이나 눈을 마주치는 사이에 그 상대를 좋아하게 될 수도 있는 모양이니까."

여성은 그렇게 속삭이며 자신의 배를 쓰다듬었다.

그 몸짓에 담긴 의미를 알아채고서, 내 마음속에서 그 말의 신빙성이 높아지는 것을 느꼈다.

세코는 살짝 몸을 틀어서, 내 앞에 매달린 손잡이를 붙잡고 있었다. 위를 올려다보면 그 애의 얼굴이 보인다.

하지만 나는 고개를 들 수가 없어서 무릎만 바라보고 있었다.

그 여성이 해준 말을 믿지 않아서가 아니다. 단지, 지금 내 얼굴은 세코에게 보여줄 수 없다고 판단했으니까.

우리가 내릴 역에 도착했기에 세코와 함께 전철에서 내려 역 개찰구를 빠져나오자, 눈앞에 미소녀가 서 있었다. 미사다.

그 애는 늘 차림새가 예쁘다. 나와 같은 바지 차림이지만 역시 화사한 느낌이 다르다.

미사를 만난 우리는 거리로 나가 어슬렁거리며 산책했다.

산책 중에 노래방 간판을 본 미사가 「가 보고 싶어.」라고 말해서 노래방에 가게 되었다. 그때 눈을 반짝거리는 미사의 모습은 귀여웠다. 아무래도 여태까지 노래방에 가 본 적이 없나 보다.

미사는 노래방 자체가 처음이었지만 노래를 정말로 잘 불렀다. 미사의 노랫소리를 듣고서 반해버려서, 나는 작은 소리도 내지 않도록 주의했다. 그 애가 노래를 마치자, 세코가 커다랗게 박수를 치면서 「끝내줘!」라고 그 애의 노래 실력을 칭찬했다.

나도 감동했지만 어쩐지 분해져서 노래방 기계에 나의 애창곡을 입력했다. ……하지만 역시 방금까지 들었던 미사의 노래

와 비교하면 내 노래 따위는 대단치 않다는 생각이 들기 시작했다. 평소라면 즐겁게 노래 부를 수 있었을 텐데 점점 텐션이 떨어졌다.

그때, 스피커에서 나 말고 다른 목소리가 들리기 시작했다. 고개를 돌려 옆을 보자 세코가 마이크를 들고서 함께 노래를 부르기 시작했다.

세코도 이쪽을 돌아봐서 눈이 마주쳤다. 「같이 노래 불러도 돼?」라고 눈빛으로 물어봐서, 나는 웃는 얼굴로 답했다.

딱히 이 곡은 듀엣곡이 아니다. 하지만 세코와 함께 노래하는 것은 정말로 즐거웠다.

곡이 끝나고 그 애가 「갑자기 끼어들어서 미안해.」라고 사과했지만, 나는 「별로 상관없다니까!」라는 말을 가까스로 쥐어짰다.

재빨리 미사를 보자, 「이렇게 즐기는 법도 있구나.」라고 감탄한 것 같은 감상을 보였다. ……그 반응에 살짝 안심했다.

그 후에는 미사에게 부탁 받아서 듀엣을 부르거나, 내가 노래하는 상황에 세코가 장단을 맞추며 즐거운 시간을 보낼 수 있었다.

덧붙여서 세코의 노래 실력은 나보다도 서툴렀다. 자각은 하는 모양이라서 「노래 같은 건 잘 모르지~.」라고 말하며 되도록 우리 노래에 맞추려고 하는 얍삽한 움직임을 보였다.

그런데도 그 상황에서 노래에 끼어들어 오다니 약았다는 생각이 들었다.

　노래방에서 즐거운 시간을 보낸 우리는 배가 고파져서 점심을 먹기로 했다. 또 다시 미사의 제안으로 유명한 햄버거 체인점에 들어갔다. 이런 가게도 처음인가 보다.

　메뉴를 고민하는 미사의 모습은 귀여웠다. 세코가 옆에서 다정하게 주문을 도와주었던 것이 인상적이었다.

　그 후로 계속 윈도쇼핑을 했는데, 시간이 약간 지나자 미사의 휴대 전화에 연락이 왔다. 그 내용을 확인한 미사는 예쁘게 정돈된 눈썹을 아래로 늘어뜨리며 말했다.

　"미안해. 가족들이 나를 여기까지 바래다준 후에 따로 외출하러 갔는데, 이제 집으로 돌아가니까 그 김에 나를 데리러 온다나 봐."

　"아…… 그런가. 유감이지만 어쩔 수 없네. 뭐 오늘은 딱히 계획도 세우지 않았으니, 다음에 또 놀자!"

　"맞아! 세코에게 동조하는 건 아니꼽지만, 오늘만 노는 건 아니고!"

　"뭐라고!"

　"뭔데."

　"……후후. 그래. 둘 다 고마워. 그럼, 벌써 근처까지 온 모양이니까 먼저 갈게."

　"그래. 학교에서 또 보자."

　"또 봐, 미사!"

조금 쓸쓸해 보이는 그 애의 뒷모습을 배웅한 우리 사이에 아주 조금 침묵이 흘렀다.

"그럼 우리도 돌아갈까."

"……응. 그래야겠네."

　침묵을 깬 것은 세코의 말이었다. 나는 그 의견에 동조할 수밖에 없었다.

　어쩌면 나와 단둘이 놀기 싫은 걸까? 그래서 돌아가자고 하는 걸까? 그런 생각을 시작하자 가슴에 통증이 퍼졌다.

"이대로 우리만 놀면, 야자키가 서운할 거 같은걸. 오늘은 셋이 놀러 왔으니까."

　어쩌면 세코는 내 마음을 읽은 게 아닐까? 그런 생각이 들 만큼, 내가 원했던 말이 세코의 입에서 나오자 통증이 사라졌다.

　그리고 가슴에 통증 대신 다른 증상이 나타나기 시작했다.

　아무래도 이대로 세코와 함께 있으면 곤란하다. 그렇게 생각한 나는 적당히 눈에 들어온 잡화점을 손가락으로 가리키며 말했다.

"나, 나! 저기 잡화점을 좀 보고 가려고."

　그 가게는 기묘하게도 작년 겨울, 학원에서 돌아가는 길에 들러 아무것도 사지 않았던 가게였다.

　그러자 세코는 휴대 전화를 가볍게 만진 뒤,「그럼 나도 갈게.」라고 말했다.

"어, 엇?! 왜 세코 너도?"

"어쩐지 전철이 지연되는 모양이니까, 조금만 시간을 때울까 하고."

"어, 아, 그렇구나."

결국 나는 세코에게서 떨어지지 못 하고 함께 잡화점을 방문하게 되었다.

주위에서 보면 우리 사이가 어떻게 보일까 하고 상상하자 얼굴이 뜨거워졌다.

"……앗."

그때 머리 장식 하나가 눈에 들어왔다. 그것은 작년 겨울에도 보았던 물건이었다. 유리로 만든 작은 해바라기 장식이 달린 머리핀이다. 해바라기가 겨울이라는 계절에 맞지 않아서 인상적이었던 기억이 난다.

그리고 무척이나 귀여운 디자인이라고 생각했었다. 나 같은 사람에게는 어울리지 않는다 싶어서 사지는 않았지만.

"흐음, 좋네. 그거, 안 사?"

내가 그 머리핀을 바라보고 있으니, 옆으로 다가온 세코가 내 시선을 좇으며 물어왔다.

"뭐야, 갑자기. 혹시 세코 너, 해바라기 좋아해? 어쩐지 의외인걸!"

놀리듯이 그렇게 묻자, 세코는 쑥스러운 듯이 뺨을 긁적이면서 대답했다.

"해바라기를 좋아하는 건 아니지만, 그냥 히나타에게 어울릴 것 같아서. 그렇게 생각했을 뿐이야."

가슴이 철렁 뛰었다. 그 직후, 나는 무의식중에 그 머리핀을 집었다.

"난 있지, 해바라기를 좋아해. 그러니까 이걸 살게."

그래, 나는 좋아한다.

오늘, 지금, 좋아하게 되었다.

◇

오늘 같은 소풍날에도 세코는 미사에게 고백했다.

소풍날이라 높았던 텐션이 떨어지고 말았지만, 세코에게 머리핀이 어울린다는 말을 들어서 침울해졌던 내 기분은 원래대로, 아니, 그 이상이 되었다.

그래서 조금 들뜨고 말았기 때문일까? 나는 배낭에서 가지고 온 과자를 꺼내서 우선 미사에게 먹여 주었다.

그리고 이번에는 지금 상황을 보고 있던 세코에게 내밀었다. 이대로 그 애가 받아먹어 준다면 좋겠다고 생각했다. 연인 사이처럼 아앙 벌린 입에 과자를 먹여줄 수 있으면 좋겠다고.

하지만 세코는 그런 내 의도를 헤아리지 못하고 과자를 손으로 받으려 했다. 나도 모르게 일단 손을 뒤로 물렸지만 입에다 과자를 먹여 주는 건 포기하고 그대로 주었다.

거의 내 잘못이기는 하지만, 어쩐지 세코는 여자애의 마음을 헤아려 주는 데 서툰 것 같았다. 아니, 틀림없이 그렇다. 세코는 바보야.

내 기분과는 상관없이, 버스는 예정대로 달렸다. 그리고 교통편이 나빠 보이는 산기슭에서 멈췄다. 목적지에서 바로 모이지 않고, 버스로 다 같이 이동했던 이유가 있었다.

기분이 살짝 떨떠름해졌어도 몸을 움직이면 기분을 전환할 수 있다. 그러니 지금의 나에게 등산은 때마침 좋은 일이었다. 오로지 위를 향해서 발을 움직였다.

잠시 걷다가 오타 군이 탈락하고, 이어서 미사도 피로를 보이기 시작했다. 그러자 세코가 미사의 옆에 가서, 그 애를 격려해 주려고 온갖 수단을 다 쓰기 시작했다. 그걸 본 내 가슴이 술렁이기 시작했다.

물론 나에게도 미사를 걱정하는 마음이 있었지만, 나는 세코와 미사를 단둘이 두고 싶지 않아서 미사를 응원하려고 필사적으로 노력했다. 그 보람이 있었는지 미사도 자기 힘으로 끝까지 오를 수 있어서 그 애한테서 감사 인사를 받았다. 나는 살짝 죄책감을 느끼면서도 웃어 주었다.

운동으로 그다지 상쾌해질 수는 없었지만, 역시 맛있는 음식을 먹으면 기분이 좋아지기 마련이다. 다음 일정인 야외 점심 식사에 가슴이 두근거렸다.

미사의 제안에 따라서 우리는 두 팀으로 나뉘었다. 한쪽은 카레 만들기를, 또 한쪽은 불 피우기와 밥 짓기 작업을 맡았다.

요리를 잘하는 미사는 솔선해서 전자를 선택했다. 그때, 기대감으로 가슴이 부풀어 오르는 세코의 표정이 보였다. 미사가 손수 만든 요리를 기대하고 있다는 사실을 금세 알았다.

그래서 나도 카레 만들기 쪽에 손을 들었다. 요리 따위는 하지도 못하면서, 미사에 대한 대항 의식과 내가 손수 만든 요리를 세코가 먹어 주었으면 좋겠다는 마음으로.

그리고 나는 사고를 쳤다. 신중하게 했으면 다치지는 않았을지도 모른다. 하지만 옆에서 화려하게 식칼을 다루는 미사를 의식해서, 세코가 돌아온 타이밍에 식칼을 재빠르게 움직였다. 그러자 식칼이 벤 것은 내 왼손 약지였다.

내가 한심해서, 부끄러워서, 나는 미사의 다정함을 뿌리치고 혼자서 수돗가로 향했다.

수도꼭지를 돌려서 손가락에서 흐르는 피를 씻었다. 칼에 손이 벨 때는 아파서 비명까지 나왔지만, 지금은 하나도 아프지 않았다.

그런 것보다 가슴에 퍼지는 통증이 더 강했다. 흐르는 붉은 물을 멍하니 바라보고 있자니, 마치 가슴에 상처가 난 것 같은 감각이 들었다.

"히나타."

세코의 목소리다. 내 의식이 한순간에 돌아온다.

"……어? 세코?"

"그래, 세코야."

느닷없이 상대방이 말을 걸어 얼빠진 목소리가 나오고 말았다는 사실에 부끄러워하고 있자, 세코는 그대로 내 옆에 다가왔다. 그리고 내 손을 들여다보았다.

아무래도 세코는 나를 걱정해서 와 주었나 보다. 나는 텅 비었던 마음이 차오르는 감각을 느끼면서, 손가락의 상처에 대해 「괜찮아.」라고 대답했다. 하지만 그 대답과는 반대로 점점 손가락에 통증이 느껴지기 시작했다.

"자. 손을 줘 봐."

"어?"

"아까 전의 보답이야."

그렇게 말하며 세코가 내 손가락에 붙여 준 것은 등산 중에 내가 준 반창고였다. 내 손에 반창고를 붙인 후, 벗겨지지 않게 끔 딱 한 번 손가락으로 부드럽게 쓰다듬어 주었다. 그러자 이번에는 상처의 통증도 사라졌다. 참 신기하다. 세코가 마법사처럼 여겨지기 시작했다.

나는 다쳤기 때문에 요리 담당에서 밥 짓는 담당으로 이동하게 되었다. 그 작업을 시작하기 전에 세코가 도구를 가지러 가겠다고 했다.

자리를 떠나려는 그 애의 모습을 보자 나는 엉겁결에 그 애의 옷자락을 붙잡았다.

왜냐하면 또 그 통증이 찾아올 것 같은 기분이 들었으니까.

그 애의 곁에 있고 싶다고 생각했으니까.

세코와 함께 도구를 가지러 간 후, 세코를 도와서 불을 지폈다. 장작에 무사히 불이 붙어서 세코는 내 손바닥을 향해 하이파이브를 청해왔다. 하지만 자기 손이 지저분하다며 금세 내리고 말았다.

나는…… 그 애에게 닿고 싶어서 얼굴은 앞으로 향한 채, 슬금슬금 그 애에게 다가가 서로의 어깨를 맞붙였다.

"여기라면 지저분하지 않겠지."

솔직한 말을 입에 담기가 무서워서 그런 변명을 늘어놓았다.

따스하다. 눈앞에서 이글이글 불타고 있는 불꽃에 닿는 것보다도, 이렇게 있는 쪽이 훨씬 마음이 따뜻해진다.

그러자 내 입에서 나약한 소리가 줄줄 흘러나오기 시작했다. 평소에 내 마음속에서 억누르고 있었던 감정이 그 애 앞에서 차례차례 튀어나온다.

그런 내 한심한 모습을, 그 애는 받아들여 주었다. 위로해 주었다. 칭찬해 주었다.

불을 피우는 데 성공했으니 이제 밥을 짓기 위해서 밥솥을 가지러 다녀오겠다고 말하는 세코를, 이번에는 혼자서 보냈다.

지금 내 얼굴을, 미사에게 보이고 싶지는 않았으니까.

내 왼쪽 어깨에 살짝 남은 온기에 손을 대면서 확신했다.

나는, 속수무책으로 세코를 좋아한다.

제4화 평범한 일상

즐거운 소풍이 끝나고, 바로 골든 위크가 찾아왔다. 하지만 각각 가족 행사가 있어서, 우리 셋이 어딘가에 외출할 수는 없었다. 나도 상당히 실망했지만, 미사가 그렇게나 아쉬워할 줄은 몰랐다.

골든 위크가 끝나자 학교에서 처음으로 자리를 바꾸었다.

놀랍게도 나는 세코의 옆자리가 되고 말았다. 더군다나 세코는 교실 끄트머리 자리라서 옆에는 나뿐이다. 내가 세코를 독차지하는 것 같아서 나 혼자 남몰래 기뻐했다.

하지만 세코의 시선은 앞에 있었다. 칠판을 보는 것이 아니다. 세코가 바로 앞에 있는 미사를 보고 있다는 사실은 시선을 더듬지 않아도 안다.

딱히 평소에 단둘이 얘기할 만한 사이는 아니지만, 모처럼 옆자리가 되었으니 좀 더 얘기해도 좋지 않을까 하는 생각이 든다. ……그렇지만 내가 먼저 말을 걸기는 부끄럽다.

하지만 이대로 가면 아무 일도 없이 다시 자리가 바뀌게 되겠지. 그건 싫다. 그래도 말을 걸기에는……. 그래. 그런 상황을 만들면 되겠구나.

내가 교과서를 놓고 왔다고 하고, 세코에게 보여 달라고 하자. 그러기 위해서는 책상을 붙여야만 하니까, 거, 거리가 가까워지니까.

나는 천재일지도 모른다.

나는 그 작전을 거의 매일 썼다. 처음에는 너무 지나치지 않도록 조절했지만, 마음이 채워지는 기쁨을 알게 돼서 무의식중에 점점 빈도를 올렸다.

"너 까먹는 것도 정도껏 해야지. 바보 아냐?"

그 결과, 나는 천재가 아니라 바보 취급을 당하게 되고 말았다.

세코에게 바보 취급을 당하고 말았지만, 나는 그 시간을 포기할 수 없어서 그 이후에도 교과서를 두고 왔다는 작전을 이어갔다.

그로부터 한 달 후, 두 번째로 자리를 바꾸게 되었다.

세코와 옆자리가 되어서 즐겁게 대화할 수 있었는지는 잘 모르겠지만, 얘기할 기회가 늘어나서 기뻤는데. 행복했는데.

그런데. 마츠이 선생님은 자리를 바꾼다고 말했다. 이 자리를 떠나야 한다니. 너무해요, 마츠이 선생님.

하지만 한 번 더 세코의 옆자리를 뽑으면 된다. 그러면 이 행복한 시간은 이어질 테니까.

다음 자리를 정하기 위해서 교탁 위에 놓인 제비뽑기를 뽑았다. 부탁해!

강하게 기원하면서 뽑은 제비의 결과는 참패였다.

나는 세코하고도 미사하고도 옆자리가 될 수 없었다. 그 대신, 놀랍게도 그 두 사람이 짝꿍이 되고 말았다. 세코의 좋아 죽는 표정이 내 자리에서 보인다. ……숨이 답답하다.

눈길을 돌려서 내 옆을 확인했다. 세코의 친구인 오타 군이다. 본명은 오다인 모양이지만, 내가 착각해서 잘못 읽은 발음을 마음에 들어 해준 다정한 아이다.

세코와 짝꿍이 될 수 없었던 것은 아쉽지만, 어쩌면 이건 좋은 기회 아닐까? 세코의 친구라면 내가 모르는 세코에 대해서 들을 수 있을지도 모르고.

나는 곧바로 그 애에게 말을 걸어보기로 했다.

"오타 군, 잘 부탁해."

"음. 잘 부탁하네, 히나타 씨."

"있잖아. 오타 군에게 묻고 싶은 게 있는데."

"음? 나에게 묻고 싶은 것?"

"세코에 대해서인데."

"……세코 씨? 흠…… 계속 듣도록 할까."

으음, 무엇부터 물어보면 좋을까? 내가 모르는 세코라고 하면…….

"세코는 중학교 시절에 어떤 느낌이었어?"

"중학교 시절의 세코 씨라. 으음…… 세코 씨와 만난 건 3학년 진급 때 같은 반이 된 게 계기였는데, 그때까지 세코 씨에 대해서 잘 몰랐지만, 처음에는…… 솔직히 난 좋아하지 않았다네."

"어, 그래? 왜?"

오타 군은 간추려서 설명해 주었다. 그들이 만났을 당시, 세코는 반에서 괴롭힘을 당했던 모양이다. 지금도 그렇지만, 당시에는 본의가 아니었다. 하지만 그 원인은 스스로 아무것도 하려 들지 않는 세코에게 있었다고 한다. 오타 군은 그런 세코를 그다지 좋아하지 않았다고 한다.

그런 세코가 바뀔 수 있는 계기를 준 것이 미사였던 모양이다. 미사가 직접 한 것은 아닌 모양이지만, 미사 덕분에 지금의 세코가 있다던가. 오타 군은 그 변화의 시작 덕분에 세코와 친해졌던 모양이다.

"……흐음. 그런 일이 있었구나."

"본인들에게서는 듣지 않은 건가?"

"둘 다 중학교 시절 얘기를 꺼내고 싶어 하지 않거든. 그래서 묻지 못하고 말았어."

"음……. 그렇다면 내가 얘기하면 안 되는 거였나?"

"뭐 어때. 나는 얘기해줘서 고마운 걸? 하지만 두 사람에게 들키면 곤란할지도 모르니, 이 일은 우리만의 비밀이야."

"비, 비비비, 비밀?! 가, 감미로운 울리임……."

역시 오타 군은 세코에 관한 중요한 정보를 가지고 있었다. 이 자리 바꾸기의 결과도 그렇게 나쁘지는 않다고 여겨지기 시작했다.

"그런데 세코가 좋아하는 게 뭔지 알아?"

"그건 야자키 씨가 아닌지—."

"그거 말고."

"아, 미, 미안하군. 취미 같은 건 딱히 없는 모양이고, 텔레비전도 정보를 위해서만 보는 모양이지만…… 나하고는 곧잘 만화 얘기를 한다네."

"무슨 만화? 점피?"

"점피인 건 맞는데……. 으, 으음. 이건 조금 말하기 어렵달까, 그다지 공공연하게 할 말은 아니랄까."

"뭐 어때, 가르쳐 줘. 부탁해, 오타 군."

"세코 씨는 토네이도 패닉이라는 만화를 좋아합니다."

토네이도 패닉……? 처음 들어 보는 제목이다.

"그게 뭐야? 어떤 만화인데?"

"으, 으음. 역시나 이 이상은 봐 줬으면 좋겠습니다!"

"웬 존댓말? 딱히 세코에게는 말 안 할 건데?"

"세코 씨에게 말하느니 마느니 하는 문제가 아니라…… 내 명예를 위해서도! 부디 봐 주시길!"

"……응? 응, 알았어. 가르쳐 줘서 고마워!"

"저야말로, 고맙습니다!"

무슨 감사 인사지? 뭔지 잘 모르겠지만 그다음은 휴대 전화로 조사해 보면 되지.

곧바로 나는 휴대 전화를 꺼내서 토네이도 패닉을 검색했다.

"이건……."

살짝 야한 만화였다. 오타 군이 명예 운운한 의미는 알았고,

세코가 밝히는 것도 알았다.

역시 세코는 이런 걸 좋아하는구나. 이런 걸 보고서, 하, 하는 걸까? 그렇지 않으면 안 하고서…… 싸, 쌓인다던가…… 막 이러고. 하지만 그렇다면 언젠가 폭발 같은 걸 해 버릴까? 남자의 몸에 대해서는 잘 모르겠지만 어디선가 들은 적이 있다.

……등장 캐릭터가 다들 예쁘네. 세코는 누구를 가장 좋아할까? 역시 미사 같은 애일까.

이것저것 확인했으니, 다음에 사서 읽어 보자.

비가 자주 내리는 시기가 지나가고, 본격적으로 더워지기 시작한 무렵이었다.

우리들이 애타게 기다리는 여름 방학이 코앞까지 다가왔다.

이제부터 찾아올 즐거운 이벤트에 가슴이 부풀어 올랐다. 내 옆에 있는 야자키의 자리에 히나타가 엄청난 기세로 찾아왔다.

"미사아~, 도와줘어~."

히나타는 울먹이는 목소리를 내면서 야자키를 끌어안았다.

그런 히나타의 머리를 쓰다듬으면서 야자키는 다정하게 미소 지었다.

"기말고사 말이야?"

"응…… 나, 자신이 없어."

우리는 아까 담임인 마츠이 선생님이 전달한 공지를 들었다. 그건 주말부터 시작하는 기말고사에서 낙제점을 받으면 여름 방학에 등교해서 보충 수업을 받아야만 한다는 말이었다. 더군다나 추가 시험 없이 단번에 승부를 내야 한다.

분명 히나타는 중간고사 이과 과목에서 아슬아슬하게 낙제를 면했던 것 같다. 기말고사 범위는 중간고사 범위까지 포함되어 있었을 테니까, 이번 시험을 통과할 수 있을지 없을지는 역시 위태롭다.

"스터디 모임이라도 열까. 하루가 낙제점을 받아서 방학 때 놀 수 없게 되는 건 나도 싫은걸."

"미사아."

히나타는 야자키의 제안에 활짝 웃으며 기뻐했다. 나 역시 야자키의 제안에 찬성한다.

"스터디 모임이라. 도서관이라도 가게?"

"무난하네. 하지만 도서관에서는 조금 말하기가 어려우려나. 가르칠 때 지장이 생길 것 같아."

"으음. 듣고 보니 그러네. 게다가 다른 학생도 이용하니까 붐빌 것 같아."

의외로 셋이 모이기에 적당한 장소가 정해지지 않아서, 나는 팔짱을 끼고서 으음 신음했다.

그러자 히나타가 기세 좋게 손을 확 들었다.

"우, 우리 집은 어떨까!"

히나타는 살짝 갈라진 목소리로 그런 제안을 해왔다.

"장소를 제공해 주는 건 무척 고맙지만, 방해가 되지 않을까."

"괜찮아! 그보다 나를 위해서 해 주는 거니 장소쯤은 제공할게. 아, 일단 엄마에게는 확인해야 하겠지만!"

"그래. 그런 거라면 부탁할까."

야자키는 수긍하고서 히나타의 제안에 찬성했지만, 내 표정은 떨떠름한 상태였다.

"히나타네 집이라……."

"……뭔데? 싫어?"

"싫은 건 아니지만. 그 왜, 여자애 집에 사내놈이 실례하게 되니까."

"……뭐 어때서. 그런 건 신경 안 써도 되잖아. 뭔가 괜히 의식하는 쪽이 음흉해."

"윽. ……알았어, 신경 안 쓸게. 나는 친구네 집에 간다, 그뿐. 그뿐이야, 응."

나는 자신에게 타이르듯이 「그뿐」이라는 말을 반복했다.

히나타는 의심할 여지도 없는 여자애지만 그냥 친구다. 괜히 의식 같은 것을 하면, 그야말로 히나타의 말 그대로이다.

……하지만 아무리 의식하지 않으려고 다짐해 봤자, 가슴의 두근거림은 잦아들지 않는다.

"일정은 언제가 좋을까?"

"글쎄. 이번 주 토요일은 어때? 엄마에게 확인하고 나서 확정하게 되겠지만."

"나는 괜찮아."

"나도 오케이."

토요일이라. 어떻게든 주말까지는 각오할 수 있으면 좋겠다.

예비종이 울리고 히나타는 자기 자리로 돌아갔다.

다음 수업 준비를 하고 있으니, 옆에서 야자키가 말을 걸었다.

"세코 군. 다음 주에는 하루의 생일도 있잖아? 이미 준비는 끝마쳤어?"

"아니, 아직 아무 준비도 못 했어."

나는 책상 위에 있는 필통을 바라보면서 대답했다. 지난달, 내 생일을 축하해 준 히나타에게서 받은 선물이다. 거기에 맞췄는지 야자키에게서는 볼펜을 받았다. 놀랍게도 둘 다 브랜드 제품인데, 둘 다 거의 매일 쓰는 물건이니까 요긴하게 잘 쓰고 있다.

답례가 목적은 아니지만 나도 히나타가 기뻐할 만한 선물을 고르고 싶다.

"그렇다면 잘됐다. 다음 주에는 시험 기간이기도 하니까 바쁘잖아? 그러니까 오늘, 방과 후에 같이 선물을 고르러 갈래?"

"어, 그거 좋은데. 가자, 가자."

"정해졌네. 방과 후의 상세한 내용 말인데…….

그때 선생님이 교실에 들어와서 우리는 대화를 중단했다.

야자키가 「나중에 다시」라는 눈짓을 보냈고, 나는 고개를 끄덕였다.

◇

　방과 후, 오늘도 우리는 셋이 같이 귀갓길에 오른다.
　"아아, 빨리 기말고사가 끝나고 여름 방학을 맞이하고 싶어! 공부에서 해방되고 싶다고～."
　"고등학생이 기대하는 학교 행사가 여름 방학이라니 살짝 얄궂네."
　"후후. 그것도 그러네. 하지만 소풍은 즐거웠어."
　"소풍……. 응, 참 즐거웠지. 맞다, 여름 방학이 끝나면 운동회와 문화제가 있지?"
　"응. 어째서인지 가을에 집중되는 것 같지만."
　"운동의 가을, 문화의 가을. 그렇다면 둘 다 가을에 해 버리면 되지 않나. 일찍이 교장 선생님이 이 일정을 결정했을 때 했던 말씀이래. 오다가 알려 주었어."
　"골치 아파지는 이유네……."
　"어어, 하지만 좋잖아. 이벤트가 가득해서!"
　"당일을 즐기기만 한다면 좋겠지만, 준비가 고생이야."
　"야자키는 문화제 실행 위원이니까. 뭐 나도 협력할게."
　"고마워, 세코 군. 부탁할게."

"나, 나도 도울 거야. 세코에게만 맡길 수 없고."

"뭐라고."

"뭔데."

우리는 평소와 다름없이 소소한 대화를 나누면서 걸어갔다.

잠시 시간이 지나자, 옆에 작은 공원이 보이는 갈림길까지 왔다.

"그럼 나는 이만. 또 보자."

"응. 또 봐, 세코 군."

"……그럼 안녕, 세코."

두 사람과 인사하고 그들이 길을 따라 나아가는 모습을 지켜본 후, 나는 집과 반대 방향으로 몸을 틀어서 공원 안으로 들어갔다.

때마침 벤치가 있어서 걸터앉고는 잠시 휴대 전화를 꺼내 적당히 보고 있으니 곧 메시지가 도착해서 벤치에서 일어났다.

공원을 나가서 아까 전 두 사람이 떠나간 길로 방향을 꺾었다.

그 앞에는 역이 있는데, 그곳에서 나를 기다리는 사람이 서 있었다.

"야자키. 기다렸지."

방금 막 헤어진 야자키를 역에서 발견한 나는 그 애에게 다가가서 말을 걸었다.

"괜찮아. 제안한 건 나니까."

야자키는 그렇게 말하며 부드럽게 미소 지었다.

우리는 지금 히나타의 생일 선물을 사기 위해 움직인다.

선물의 주인공인 히나타는 여기에 없다. 야자키가 아무래도 깜짝 이벤트를 해 주고 싶다는 모양이다. 야자키의 장난스러운 구석이 살짝 엿보여서 귀엽다는 생각이 들었다.

다만 깜짝 이벤트를 위해서는 방과 후에 우리끼리 쇼핑하러 가는 사실을 히나타에게 들켜서는 안 된다. 그래서 야자키가 고안한 작전이 아까 전처럼 가짜로 해산한 후에 다시 합류하는 것이다.

히나타는 이미 여기에서 전철을 타고 집으로 향하고 있겠지. 정말로 완벽한 계획이다. 역시 야자키다.

"늘 놀러 가던 곳이면 돼?"

"응. 거기라면 이것저것 보면서 고를 수 있을 것 같아. 그럼 갈까."

행선지가 정해지자 야자키는 개찰구를 빠져나가 플랫폼으로 향했다. ……목적지와는 반대 방향으로 향하는 차량이 서는 쪽으로.

"저기, 야자키. 그쪽이 아니야."

"……차, 착각했어. 응, 그러네, 이쪽이었어."

야자키는 얼굴을 붉히며 당황한 기색으로 몸을 돌렸다.

어딘가 놀러 갈 때, 그녀의 부모님은 늘 그녀를 차로 바래다 주고 데리러 와 주신다. 그래서 그녀가 이 역에서 전철을 타는 모습을 본 적이 없다.

……어쩌면 야자키는 방향치인 걸까? 부모님도 그 점을 걱정해서 매번 차로 데리러 온다고 생각하면 아귀가 맞는다.

재색을 겸비했다고 자타가 공인하는 야자키가 실은 이런 허술한 요소를 가지고 있다면. ……솔직히 귀엽다는 생각이 들고 만다.

다만, 그 점을 언급해 봤자 그녀는 그 사실을 인정하지는 않겠지. 듣고서 인정할 정도였다면, 그녀 스스로 말했을 것이다. 그러니 여기에서는 괜히 추궁하지 말기로 하자.

그 뒤로 야자키는 계속 내 옆에서 걸었다. 하지만 신경 써서 봤더니 반걸음 정도 내 뒤를 따라 걷는다는 사실을 깨달았다. 다시 길을 잘못 들지 않도록 앞서가지 않고 나를 따라오는 것일까?

야자키는 늘 어른스럽게 보이는데, 지금만큼은 동급생이나 연하처럼 느껴지고 만다.

또, 야자키를 귀엽다고 생각했다.

그리고 아주 조금, 그 애의 모습을 겹쳐 보고 말았다.

"그러고 보니, 이렇게 세코 군과 둘이 외출하는 건 처음이네."

목적지인 역에 내려서 늘 놀던 거리로 향하는 도중, 야자키가 갑자기 그런 말을 했다.

"아아, 듣고 보니."

"후후. 늘 오던 곳이어도 어쩐지 신선해서 즐거운 기분이 드네."

야자키의 말을 듣고 「그 마음 이해해.」라고 동의하면서도, 나는 자신의 감정에 의문을 품고 있었다.

좋아하는 애와 단둘이 외출 중인데, 생각보다 긴장하지 않는 것이다. 물론 마음속으로는 이 상황에 환희하고 있지만, 아무래도 상상했던 것보다 긴장감이 없다. 내가 이렇게 배짱이 두둑한 남자는 아닐 텐데.

……그런가. 오늘은 히나타의 생일 선물을 사러 왔기 때문일지도 모른다.

우리 사이에는 늘 히나타가 있었고, 그건 우리의 기분 좋은 공간이 만들어지는 이유였다.

지금은 히나타가 없어서, 나와 야자키 사이에는 그 공간이 비어 있다. 그런데 이 외출의 목적이 바로 히나타이기 때문에, 마치 히나타도 이 자리에 있는 느낌이 드는 것이다.

야자키와 단둘이지만 단둘이 아니다. 그런 애매한 이유가 가슴에 툭 떨어진 틈에, 우리는 거리에 도착했다.

오늘은 방과 후에 와서 시간이 별로 없다. 그래서 야자키의 사고방식을 떠올리자, 일단 둘로 나뉘어서 각각 후보를 찾아내는 쪽이 효율적이라는 생각이 떠올랐다.

"그럼 세코 군. 우선 어디로 갈까."

하지만 야자키는 내 예상과는 달리, 나와 함께 행동할 것 같이 보였다.

"어, 어어. 어쩔까?"

나는 당황해서 가까스로 대답했다. 그녀에 대해서 이해하고 있다고 생각한 것이 부끄럽다.

"세코 군은 뭔가 봐둔 게 있어?"

"전혀. 여자에게 선물을 해 본 적이 없으니까 전혀 짐작도 안 가."

"……그래. 그럼 세코 군에게, 하루가 첫 상대가 되는 거구나."

"으음, 말투 좀 가려. 뭐 그런 느낌이니까, 야자키가 같이 고르자고 말해줘서 솔직히 살았어."

"그건 다행이다. ……아, 이런 건 어떨까?"

야자키가 손가락으로 가리킨 앞에는 여성복 가게가 있었다.

별다른 대안을 가지고 있지 않은 내가 거부할 이유도 없어서 야자키의 제안에 수긍하고 가게 안으로 들어갔다.

여성복을 파는 곳에 남자가 있어도 되나 하는 수수께끼의 거북함을 느끼면서, 가게 안을 둘러보는 야자키의 뒤를 따라갔다. 이것만큼은 같이 행동하게 돼서 다행이다.

"이거, 하루에게 어울릴 것 같네."

그렇게 말하며 야자키가 들고 온 옷은 무늬가 없는 파카였다. 확실히 히나타는 그와 비슷한 옷을 자주 입으니, 뭐랄까 그 애의 이미지에 딱 맞는 옷이었다.

"확실히. 잘 어울릴 것 같네."

야자키의 선택은 나쁘지 않다고 생각한다. 하지만…….

"이런 것도 좋지 않아?"

나는 눈에 띈 점퍼스커트를 손에 들었다.

그 옷을 본 야자키의 얼굴이 아주 조금 곤혹스러운 빛으로 물들었다.

그도 그럴 게 이 옷은 우리가 요 몇 달간 본 히나타의 이미지에는 없는 것이기 때문이다. 우리는 그 애의 치마 차림을 교복밖에 본 적이 없다.

하지만 나는 이 옷이 그 애에게 어울린다고 생각했다. …… 입은 모습을 상상하며 예쁘다고 생각했다.

"그 왜, 선물은 스스로는 사지 않을 만한 물건을 받으면 기쁘다고 하잖아."

"……그러네. 그런 사고방식이 있는 건 알아."

내 발언에 이해를 드러냈지만 야자키의 표정은 밝지 않았다.

"세코 군은……."

야자키는 무언가를 말하려고 했지만, 기다려도 말을 하지 못하고 그대로 입을 다물고 말았다.

그리고 손에 들고 있었던 파카를 진열대에 돌려놓았다.

"역시 옷은 그만두자. 평소에 입는 건 특히 취향이 있을 테고."

"어? 아아, 듣고 보니 그러네."

선물로 받은 것은 써야만 한다고 압박감을 느낄 테니, 히나타의 취향에 맞지 않으면 슬퍼질 것 같다. 사기 전에 깨달아서 다행이다.

옷 가게를 뒤로한 우리는 이번엔 잡화점으로 향했다.

이곳이라면 다양한 물건이 있으니, 뭔가 하나라도 좋은 느낌의 선물을 발견할 수 있을 것 같다.

가게 안에 들어가자 바로 눈에 들어온 것은 문방구 코너였다. 결코 매력적인 상품이 있었던 것은 아니지만, 어쩐지 멈춰서서 상품 선반을 바라보았다.

아마도 히나타를 생각하면 이것이 연상되기 때문이리라. 어쨌거나 첫인상이 그랬으니까. 나에게 있어 사라지지 않는 추억 중 하나다.

"귀여워……."

야자키의 황홀한 목소리가 귀에 닿아서 그쪽을 돌아보자, 야자키는 양손으로 잡은 고양이 모양 쿠션을 바라보고 있었다.

"고양이는 어쩜 이렇게나 사랑스러운 걸까? 세코 군, 이걸로 하자."

"예상치 못한 즉결이네. 혹시 야자키는 고양이 애호가야?"

"고양이 애호가, 그러네. 굳이 따지자면 그렇게 될까. 있잖아, 세코 군. 고양이는 신이 가져다준 이 세상에서 최고의 걸작품이라고 생각하지 않아? 폭신폭신한 털, 동글동글한 눈동자, 둥그런 손. 그런 사랑스러운 형태도 물론이지만, 야옹이가 가진 매력의 본질은 그 기질에 있다고 생각해. 야옹이들은 있지, 아무도 다가갈 수 없는 차가운 오라를 뿜는데, 마음을 허락한 상대에게는 그 벽을 허물고서 곁으로 다가와 준대. 하지만 야옹이들도 단순하지는 않아서, 때로는 제멋대로 굴거나, 살짝 완고하기도 한데, 그건 자신감이 있기 때문이고, 그것 또한 매력적이야. 게다가 있지, 야옹이는 아주 똑똑하다고도 하는데…….."

야자키는 도중부터 「야옹이」라고 부를 만큼, 고양이에 대한 사랑이 멈추지 않았다.

나는 그에 압도되면서도, 그런 그 애의 새로운 일면을 알게 되어 기뻤다. 또, 반짝거리는 표정으로 고양이를 논하는 야자키의 모습은 무척 귀엽다.

어쩐지 이야기를 듣고 있자니, 야자키 본인에게도 고양이 같은 부분이 있다는 생각이 들어서 살짝 흐뭇해진다.

이대로 계속 야자키의 고양이 토크를 듣고 싶지만, 오늘은 목적이 있으니 몹시 안타깝고 슬프지만 야자키의 말을 중단시켰다.

"고양이의 매력은 충분히 전해졌어. 하지만 히나타는 고양이라기보다는 개가 아닐까? 그 왜, 야자키를 잘 따라서 끌어안거나 하는 점이라든가 어리광을 잘 부리잖아. 그리고 밝고 붙임성이 좋아서 남에게 호감을 쉽게 사는 점은 완전히 개잖아."

그리고 살짝 빈틈 있는 점도 히나타답다고 생각하며 혼자 키득 웃고 말았다.

그런 느낌으로 내가 히나타는 고양이보다 개 같다는 이유를 늘어놓으며 주장하자, 야자키는 한순간 눈을 내리간 후 「듣고 보니 그러네.」라고 말하며 쿠션을 선반으로 돌려놓았다.

"개 굿즈로 해 볼래? 여기라면 그런 것도 있을 것 같으니."

나는 그렇게 제안하면서 주위를 둘러보았다. 그러자 곧바로 적당한 물건이 눈에 들어왔다.

"모처럼이니까 다른 곳도 봐 보자. 세코 군, 아직 시간은 괜찮지?"

하지만 야자키는 망설인 다음에 그런 대답을 해왔기에, 나는 「오케이.」라고 말하며 따랐다.

잡화점을 나가서 다음 가게로 이동했다.

"있잖아, 세코 군."

그 도중에 야자키는 앞을 보면서 내 이름을 불렀다.

"세코 군은 고양이와 개, 어느 쪽을 좋아해?"

그러고는 그런 질문을 던져왔다.

"으음. 살짝 비겁한 대답이 되겠지만 둘 다 좋아하려나. 비슷할 만큼 좋아해."

솔직하게 그렇게 대답하자, 야자키는 살짝 침울한 음색으로 「그래.」라고만 중얼거렸다.

그렇게나 고양이의 매력을 열변했으니, 역시 야자키로서는 고양이를 좋아한다고 대답해 주기를 원했으리라.

어쩌면 그렇게 대답해야 야자키가 기뻐하지 않을까 하는 생각이 한순간 머릿속을 스쳤다.

하지만 어째서인지 나는 그럴 수가 없어서, 결국 어느 쪽도 선택하지 않은 대답을 하고 말았다. 어쩐지 한심하다.

그 후로 내가 야자키에게 고양이의 매력을 계속 말해달라고 부탁하자, 「좋아. 세코 군에게 야옹이가 얼마나 멋진지를 철저히 가르쳐 줄게.」라는 말을 말을 한 뒤 그녀의 드물게 발랄한 목소리를 끝없이 계속 듣는 멋진 시간이 찾아왔다.

오늘은 스터디 모임 당일이다.

여태까지 친구가 우리 집에 찾아온 적은 몇 번인가 있었지만, 오늘만큼 긴장한 적은 없다. 왜냐하면, 내가 좋아하는 사람이 오는걸.

게다가 다른 의미는 없지만, 오늘은 집에 엄마도 아빠도 없다.

아빠는 출장을 가셨고, 엄마는 친구와 놀러 가셨다.

부모가 없는 동안 집에 남자를 들이는 건 거절당할 줄 알았는데, 의외로 엄마는 흔쾌히 승낙해 주셨다. 하지만 그 대신 세코에 대해서 자세히 가르쳐달라고 집요하게 굴었다.

어쩔 수 없이 엄마의 요청대로 세코에 대해서 가볍게 이야기했다. 첫 만남은 고등학교 수험장이었던 것, 입학했더니 같은 반이 된 것, 운동은 나보다 못하지만 공부는 잘하는 것까지. 오타 군이라고 하는 중학교 때부터 사귄 절친이 있고, 그 친구와 이야기할 때의 세코는 어딘가 어린애처럼 보인다는 것. 그리고 의외로 다정한 것.

세코에 대해서 이야기하자 엄마의 표정은 점점 히죽거리기 시작해서, 나는 얼굴이 뜨거워지는 것을 느끼면서 이야기를 중단했다. 그러자 엄마는 나한테 사과했지만 역시 여전히 즐거워하고 있었다.

세코와 미사의 관계에 대해서는 덮어놓았다. 어쩌다 보니 그런 거지만. 아마 내 입으로 말하고 싶지 않았던 것이겠지.

요전 날 엄마와 나눈 대화를 떠올리고 있었더니, 두 사람이 도착할 시간이 다가왔다. 그 밖에도 해 두어야 하는 일은 없나 하고 허둥대고 있자니 인터폰이 울렸다.

"어, 어서 오세요!"

나는 문을 열고 두 사람을 맞이했다. 그러자 두 사람은 한순간 굳은 후, 뿜어내듯이 웃었다.

"후훗. 우스워, 하루."

"뭔가 점원 같았네."

작게 계속 웃는 두 사람에게, 나는 얼굴을 붉게 물들이면서 「정말! 빨리 들어와!」라고 살짝 화난 기색으로 재촉했다.

신발을 벗고서 집으로 들어온 참에, 미사는 손에 쥔 종이봉투를 들어 올리면서 물었다.

"하루, 부모님께 인사드리고 싶은데, 괜찮을까?"

"어? 아, 말 안 했던가. 오늘은 엄마도 아빠도 안 계셔. 그러니까 신경 쓰지 마."

"뭐?!"

경악의 소리를 지른 세코는 몸을 돌려서 현관 쪽으로 향했다.

"그건 역시나 곤란하잖아. 난 돌아가는 편이 좋겠지?"

"벼, 별로. 이미 여기까지 왔으니까, 이대로 같이 공부하면 되잖아."

"아니이, 하지마안."

"뭔데? 또 이상한 생각을 해? 세코는 음흉하네."

"크으윽⋯⋯."

세코를 부추겨 보자 분하다는 듯한 반응을 보였다. 하지만 그 애에게서「남을게」라는 말을 끌어낼 수는 없었다.

"하루의 부모님께 허락 받았으니까, 세코 군이 그렇게까지 신경 쓸 필요는 없지 않을까? ⋯⋯나로서는 세코 군도 같이 공부했으면 좋겠어."

매달리는 듯한, 하지만 올곧은 눈으로 세코를 바라보면서 미사가 말했다.

그러자 세코는 얼굴을 붉히고 미사의 시선을 피하면서「그럼 그럴까.」라고 대답했다. 미사가 기쁘게 미소 지었다.

⋯⋯약았어. 내가 할 수 없는 일을 미사는 쉽사리 해낸다. 미사에게 걸리면 세코의 의사 따위는 간단히 바꿀 수 있다.

"방으로 안내할게."

나는 두 사람 앞에 나서서 내 방으로 안내했다. 지금 내 얼굴을 보이지 않아도 되니까 딱 좋다.

방에 도착했을 무렵에는 분명 평상시의 나로 돌아올 테니까.

"여기야."

"어머, 잘 정돈되어 있네."

"정말. 너무해, 미사. 나, 이래 보여도 깔끔한 걸 좋아한다고!"

사실은 딱히 깔끔한 걸 좋아하지는 않는다. 두 사람이 오니까, 세코가 오니까 어젯밤 열심히 청소했을 뿐.

내 방의 감상을 끝낸 다음에, 방 한가운데 있는 테이블을 둘러싸고 앉아서 기말고사 공부를 시작했다.

우리 고등학교의 정기 시험은 기본적으로 어느 과목이나 지정된 문제집에서 비슷한 문제가 출제된다. 그 때문에 시험 대책이라고 하면 그 문제집을 풀어 봐야 하는 것이다.

우선은 내가 잘 못하는 수학부터 손을 대기로 했다. 혼자서 하게 되면 아무래도 피하고 말아서, 두 사람이 있는 동안 해 두고 싶다.

게다가 수학은 세코가 잘하는 과목이니까.

"……으응?"

곧바로 해답을 봐도 이해할 수 없는 문제에 직면했다. 그렇게 되면 둘 중 어느 한 사람에게 가르쳐 달라고 하면 된다. ……세코가 가르쳐 줬으면 좋겠다. 하지만 직접 부탁하기는 부끄러우니까, 특정 누군가에게 부탁할 수도 없어서「모르겠네.」라고 넌지시 도움을 청하는 목소리를 흘렸다.

"어디?"

바로 반응해 준 사람은 미사였다. 미사는 내가 좌절한 문제를 확인하기 위해서 몸을 돌려 문제집을 들여다보았다.

내 문제를 봐 주는 사람이 세코였다면. 나는 미사에게 실례되는 생각을 하고 만다.

힐끔 세코가 있는 쪽을 보자, 고개를 들고 이쪽의 상황을 확인한 후 시선을 내리고서 자신의 문제집으로 돌아가 버리고 말았다. 하지만 내 말에 반응을 보여준 것만으로도 기뻐지고 만다.

미사의 설명은 무척이나 알기 쉬워서, 그렇게나 이해할 수 없었던 문제를 갑자기 풀 수 있게 되었다. 미사는 정말로 굉장하니 그런 미사에게 배우는 것이 옳은 선택이라는 사실을 알지만, 아는데, 마음속 어느 구석에서는 다른 사람을 바라고 있었다.

"고마워, 미사! 금세 이해됐어~."

"다행이야. 또 모르는 부분이 있으면 말해줘."

미사는 그렇게 말하며 다정하게 미소 지었다.

"미안, 야자키. 연이어서 미안하지만, 나도 가르쳐줄 수 있을까?"

세코가 조심스럽게 손을 들면서 그런 질문을 했다.

"그래, 괜찮아. 세코 군은 어느 과목을 풀고 있어?"

"고전 문학이야. 실은 이걸 가장 못 해. 애당초 읽는 법을 모르거든."

"기본적으로는 영어 공부 방법과 마찬가지야. 단어나 문법 같은 기본적인 부분을 파악하면 그다음은 익숙해지는 것뿐이지."

"그렇구나. 아, 그래서 이 문제 말인데……."

맞은편에 앉은 두 사람은 거리가 떨어져 있기는 하지만, 거기에 두 사람만의 공간이 생겨나는 느낌이 들었다.

세코는 미사가 설명해 주는 말에 이해된다는 반응을 보이면서 가끔 미사를 힐끔힐끔 쳐다본다.

국어라면 나도 가르쳐 줄 수 있었다. 왜냐하면 내 몇 없는 특기 과목 중 하나니까. 하지만 그렇다 해도 미사보다는 뒤떨어질 것이다. 내가 잘하는 과목이어도 미사에게는 이길 수 없다. 그래서 미사가 가르쳐 줘야 한다고 머리로는 이해한다. 하지만 내 마음은 「약았어. 어째서 미사인데? 나한테 물어 봐, 세코.」라고 외치고 있다.

"아아, 어쩐지 이해된 것 같아. 고마워, 야자키."

"다른 사람을 가르쳐 주는 건 내 복습도 되니까. 사양하지 말고 물어보면 좋겠어."

"그렇게 말해 주니 살았어."

모르는 문제를 다 가르쳐 준 모양이라서 두 사람만의 공간이 사라져갔다. 내 가슴의 술렁임이 아주 조금 잦아들었다.

"국어는 정말로 못하거든. 기말고사가 끝나면 문과와 이과를 선택해야만 하잖아? 나는 무조건 이과를 선택하려고 해. 공학 같은 것에 흥미도 있고."

"어머, 그래? 우연이네. 나도 이과를 선택할 생각이야."

"어, 진짜로? 그럼 내년에도 같은 반이 될지 모르겠네!"

"후훗, 그러게. 그렇게 되면 기쁘겠어."

미사가 웃고, 그것을 받아들여 세코도 쑥스럽게 웃었다.

확실히 내년부터는 문과와 이과로 반이 나뉘는 모양이다. 그래서 두 사람과 다른 쪽을 선택하면 남은 2년 동안 두 사람과 절대로 같은 반이 될 수 없다.

싫어. 그런 건 싫어. 떨어지고 싶지 않아. 두 사람만 같이 두고 싶지 않아. 무리야. 참을 수 없어.

"나, 나도 이과로 정하려고 했었지."

나는 엉겁결에 진로를 바꾸었다. 그러자 미사가 의아한 시선을 보냈다.

"하루. 너, 이과 과목은 질색이라고 늘 말했잖아. 괜찮겠어?"

"부, 분명히 질색이긴 하지만. 그래도 앞일은 모르잖아? 앞으로 엄청나게 공부해서 재능이 개화할지도 모르고! ……미사는 내가 이과에 오는 게 싫어?"

"그게 아니야. 결코 오해하지 않았으면 해. 하루 네 선택에 트집을 잡고 싶은 게 아니야. 다만, 걱정돼서 그래."

미사의 말은 정론이라, 그래서 나는 입을 다물 수밖에 없게 되고 말았다.

무언가 대꾸해야만 한다. 그러지 않으면 두 사람과, 세코와 헤어지게 되고 만다. 그런데 대꾸할 말이 나오지 않는다.

눈물이 나올 뻔했던 그때, 조용히 지켜보던 세코가 입을 열었다.

"뭐 상관없잖아. 분명 중간에 문과로 바꾸는 것도 가능하고, 긴급 조치는 있으니까. 게다가 이과 과목이라면 나도 도와줄 수 있을 테고."

세코가 나를 도와줬다는 사실을 알았다. 세코가 나를 위해서 미사에게 맞서 줬다는 사실을 알았다. ……나는 어디까지고 욕심이 많아서, 세코가 미사가 아닌 나를 선택해 준 것 같은 느낌이 들었다.

세코의 주장을 듣고서 미사는 잠시 생각에 잠긴 후「그러네.」라고 중얼거리며 말을 이었다.

"세코 군의 말이 맞아. 게다가 본인의 의사를 존중해야 했어."

"미안, 미사. 이상한 소리를 해서."

"나야말로. 심술궂은 소리를 해서 미안해."

"아니야. 나를 위해서 한 말이란 걸 알아. 그리고…… 세코도 고마워."

감사 인사를 하자 세코는 살짝 부끄러운 듯이 웃었다.

"좋았어. 그럼, 나 이번 시험에서 못하는 과목을 극복할 테니까! 지켜봐 줘!"

나는 그렇게 벼르고서 눈앞의 문제집에 매달렸다.

공부를 다시 시작해보니 아까보다 깊게 집중할 수 있었던 것 같다. 그 증거로 정신을 차려보니 한 시간 정도가 지나 있었다.

"잠시 쉴까."

미사의 한 마디에 집중이 풀려서 숨을 길게 내쉬었다. 세코도 마찬가지로 어깨를 펴서 몸을 풀고 있다. 아무래도 집중할 수 있는 분위기를 만들어 낸 사람은 미사였던 모양이다.

휴식이라고 해서 뭔가 수다라도 떠나 했더니, 미사와 세코가 눈짓을 주고받는다는 사실을 깨달았다.

내가 고개를 갸웃거리자, 미사가 조금 큰 상자를 나한테 내밀었다.

"조금 이르지만 생일 축하해, 하루."

"축하해, 히나타."

얌전히 그 상자를 받으면서도, 갑작스러운 축하를 들어서 내 머리는 혼란스러웠다.

"어, 어?"

"이렇게까지 놀랄 줄은 몰랐는데."

"후후. 하지만 하루답네."

"그것도 그러네."

마주 웃는 두 사람을 보고서, 겨우 내 생일을 축하해 주는 것이라는 걸 깨달았다.

"고…… 고마워, 둘 다! 정말, 너무 깜짝 이벤트라서 놀랐어! 혹시 이건 선물이야?"

"응. 뜯어봐 줄래?"

미사가 재촉해서 포장된 상자를 뜯어보았다. 안에 들어있는 물건은 유명한 메이커에서 나온 스포츠 신발이었다.

"어, 이거 꽤 비싼 거지? 받아도 돼?"

"오히려 받아 주지 않으면 곤란해. 그러니까 사양하지 마."

"와아……. 고마워, 미사!"

"기뻐하는 것 같아서 다행이야. 그리고 이건 세코 군과 합동으로 준비한 거니까. 세코 군에게도 감사 인사를 해줘."

"아, 응. ……세코도 고마워."

"그래. 뭐, 고른 건 야자키였지만."

"어머. 하지만 같이 사러 갔으니까 세코 군이 골랐다고 할 수도 있잖아?"

"……어."

지금 미사가 뭐라고 했지? 같이 사러 갔어? 누구랑? ……세코랑?

내가 모르는 사이, 단둘이 쇼핑하러 갔어?

"으음, 도움이 되었다는 자신은 없는데. 아, 하지만 돈은 제대로 냈으니까."

"……세코. 훨씬 한심해 보이는데?"

"으, 그렇겠지. 이제 변명은 그만둘게. ……뭐, 그거야. 다시 생일 축하해, 히나타."

나는 눈을 내리깔고 작게 「응.」이라고만 대꾸했다.

언제 사러 갔어? 어디에 갔어? 두 사람은 어떤 식으로 시간을 보냈어? 그렇게 묻고 싶은 말은 잔뜩 있었지만 차마 물을 수는 없었다. 그래서 나는 입을 다물 수밖에 없었다.

그 후로 가볍게 잡담을 나눈 후, 미사가 화장실을 빌리고 싶다고 해서 말로 간단히 위치를 설명했다. 위치를 파악한 미사는 방을 나갔다. 갑자기 나는 세코와 단둘이 남게 되었다.

단둘이. 아무래도 아까 전 이야기가 머릿속에 어른거린다. 미사와 단둘이 있게 되어서, 세코는 기뻤겠지. 지금의 나처럼, 무척 긴장했겠지.

……지금은 어떨까? 나와 단둘이 있어도 딱히 변화는 없으려나. 조금은 의식해 주지 않을까?

그런 기대를 품으면서, 천천히 고개를 들어 세코 쪽을 보았다.

그러자 그 애와 눈이 마주치고 말았다.

"아…….."

입에서 목소리가 새어 나왔다. 가슴의 고동이 격렬해진다. 지금 당장이라도 시선을 피하고 싶다. 하지만 이대로 그 애와 계속 서로 바라보고 싶다. 그런 모순된 바람이 내 마음속에 동시에 존재한다.

다만, 이대로 조용히 서로 바라보기는 역시 부끄럽다.

"……고마워. 생일 선물. 아까는 그렇게 말했지만 기뻤어."

무언가 말해야만 한다고 생각해서, 엉겁결에 나온 소리는 감사의 말이었다.

그러자 세코는 쓴웃음을 지었다.

"뭐, 한심한 건 사실이니까. 아무래도 내가 고른 건 모조리 야자키의 안목에 맞지 않았거든. 최종적으로는 야자키에게 부탁하는 형태가 되어버렸어. ……그러니까 이거."

"어?"

세코는 그렇게 말하며 작은 봉투를 내밀었다. 나는 곤혹스러워하면서 봉투를 받았다.

"어디까지나 덤이야. 이런 보험을 걸어서 촌스럽지만, 내가 고른 거야. 멋대로 하는 일이니까 일단 야자키한테는 비밀이야."

"……뜯어봐도 돼?"

그렇게 묻자 세코가 고개를 끄덕였기에, 나는 조심스럽게 포장을 뜯었다.

작은 봉투 안에는 똑같은 디자인의 손수건과 수건이 한 쌍 들어 있었다. 데포르메 된 개 모양 사수가 포인트로 놓여 있었다.

"동글개다."

"동글개? 아, 이 개의 이름이야?"

"응. 나, 어릴 적부터 동글개를 좋아했거든. 그래서 굿즈 같은 걸 모았어. 저기 봐."

내가 굿즈를 장식한 선반 쪽을 바라보자, 세코도 따라서 나와 같은 곳으로 시선을 돌렸다.

"정말이네. 어, 그럼 혹시 이 손수건도 이미 가지고 있어……?"

"아니. 이건 안 가지고 있어. 그러니까…… 무척 기뻐. 정말 고마워, 세코."

받은 선물을 끌어안으면서 내 입에서 솔직하게 감사의 말이 나왔다.

그러자 세코는 한순간 몸을 굳힌 뒤, 「그건 다행이다.」라고 말하며 웃고는 나에게서 고개를 돌렸다.

"아."

고개를 돌린 쪽 앞에 있었던 책장을 보고서, 세코의 입에서 목소리가 흘러나왔다.

"왜 그래?"

"어, 아니. 내가 좋아하는 만화가 있길래."

나도 알고 있다. 왜냐하면 세코가 좋아하니까 만화책을 모았는걸.

"흐음. 어느 거?"

"아아…… 토네이도 패닉이란 작품이야. 뭐랄까, 히나타가 가지고 있는 게 엄청 의외인데. 어떤 계기로 읽게 된 거야?"

"어, 그게…… 우연히. 서점에서 발견했는데 표지가 예뻤으니까."

그 자리에서 떠올린 적당한 이유를 대답하자, 세코의 목소리 톤이 바뀌었다.

"어, 진짜로? 나도 그래. 표지에 그려진 캐릭터에 끌려 버려서, 정신을 차리니 손에 들고 그대로 계산대로 향했어. 지금은 그 캐릭터가 최애야."

거짓말로 댄 이유인데. 세코와 공통점이 생긴 것 같아서 기뻐지고만 나는 바보다.

"흐, 흐음. 이런 우연도 다 있구나. 참고로 세코 넌 그때, 어느 캐릭터를 보고 골랐어?"

어쩌면 세코의 취향을 알 수 있을지도 모른다고 생각해서 그런 질문을 해 보았다.

그러자 세코는 벌어졌던 입을 천천히 다물고 심각한 표정을 지었다.

"아아…… 묵비권을 행사합니다."

"……왜?"

"부끄러우니까."

"무슨 소린지 모르겠어. 자기 최애 캐릭터를 말할 뿐이잖아."

"그게 어렵다고 하는 거야."

"……그게 뭐야."

세코가 좋아하는 타입을 알아낼 수 있을 줄 알았는데. 완고하게 대답하려 들지 않는 세코의 태도에 실망하고 말았다.

하지만 어차피 빤히 아는 일이다. 토네패닉에는 미사 같은 여자애가 있다. 주인공의 반 반장인데, 검은 머리카락이 예쁜 재색겸비의 캐릭터. 세코는 그 캐릭터를 좋아하는 것이다. 굳이 그걸 캐내서 어쩌고 싶은 건데. 이상한 기대 따위는 하지 마, 하루.

"다른 질문이라면 대답할 테니까 이것만은 봐 줘."

"……다른 질문이라면 반드시 대답해 주는 거야?"

"반드시 대답한다고는……. 아아, 네. 대답하겠습니다. 대답하도록 하겠습니다."

내가 물끄러미 바라보자, 세코는 체념한 모양인지 각오한 표정을 지었다.

내가 묻고 싶었지만 여태까지 무서워서 물어볼 수 없었던 것이다.

나도 각오하고서 그 질문을 입에 담았다.

"세코, 넌, 어째서 미사한테만이 아니라 나한테도 같이 놀러 가자고 해 주는 거야?"

예상 밖의 질문이었는지, 세코는 눈을 휘둥그레 뜨며 놀라더니 「아아……」 하며 머리를 긁적이고 대답하기 시작했다.

"내가 이런 말을 하기도 뭣하지만, 야자키에게는 여태까지 친한 동성 친구가 없었거든. 중학교에서는 얘기하는 건 나 정도였고. 그것도 특별한 느낌이라서 나는 기뻤지만, 역시 허물없는 동성 친구의 존재는 중요하다고 생각해. 지금의 나에게 있어서 오다 같은 존재가 말이야. 그런 생각을 했더니 고등학교에 들어와서 야자키에게도 친구가 생겼어."

"……나 말이야?"

"그래, 히나타 너야. 무시무시한 속도로 야자키와 벌어진 거리를 좁혀 가는 너를 보면, 솔직히 질투하기도 했지만 역시 기뻤어. 야자키에게도 절친이라고 부를 수 있는 존재가 생겼구나 하고. 그래서 두 사람을 방해하고 싶지 않다고. 하지만 알다시피 나는 야자키와 사귀고 싶어. 좀 더 친해지고 싶어. ……그런 이기적인 이유라서, 야자키에게 휴일에 놀러 가자고 할 때, 히나타 너도 불렀어."

"그러니까 나를 부른 건 미사를 위해서구나."

확인하듯이 묻자, 세코는 미안하다는 듯이 작게 고개를 끄덕였다.

나는 나도 모르게 고개를 숙이고 말았다.

가슴이 아프다. 역시 세코에게 나는 미사의 절친일 뿐이었다. 알고 있던 일이지만. 진실을 본인의 입으로 들어서 심장이 찢어질 것처럼 아프다.

"하지만."

세코의 목소리에 반응해서 고개를 들었다. 그러자 나를 똑바로 바라보는 세코의 눈과 내 눈이 마주쳤다.

"지금은 어째서 히나타가 야자키와 친해졌는지 알겠어."

"……어."

"히나타 넌, 그게, 좋은 애니까. 야자키가 널 좋아하게 된 것도 수긍이 간달까."

흐릿한 이유. 하지만 그 말이 그 애의 본심이라는 사실은 표정을 통해 전해진다.

"지금은 나도 히나타와 놀고 싶어. 셋이 있고 싶어서 두 사람에게 놀러 가자고 하고 있어. ……이게 내 대답, 입니다."

차가워졌던 내 마음이 한순간에 따스해졌다. 굳었던 표정이 서서히 풀린다.

세코는 나를 나로서 봐 주었다. 미사의 절친으로서가 아니라, 히나타 하루로서.

그리고 세코는 나하고도 같이 있고 싶다고 말해 주었다.

나는 나도! 그렇게 외치고 싶은 마음을 억눌렀다. 하지만 기분이 좋아진 내 입꼬리는 억누를 수 없었다.

"푸흡. 왜 마지막은 존댓말인데."

"사, 상관없잖아. 딱히 의미는 없다고."

"흐음. 그러고 보니 하나 더 질문이 있는데."

"이봐, 보통 하나잖아."

"뭐 어때. 쪼잔하게 굴지 마. ……이거, 기억해?"

나는 필통에서 절반으로 쪼개진 지우개를 꺼내서 세코에게 보여 주었다.

"아직 가지고 있었구나."

세코는 그리운 듯이 눈을 가늘게 뜨고서 말했다.

그 대답을 들은 순간, 역시 그가 그 일을 기억하고 있었다는 고양감과 잊지 않았다는 안도감이 나를 감쌌다.

그리고 그 감각들이 조금 전에 느꼈던 행복과 뒤섞여서, 내 감정은 이미 엉망진창이 되었다.

"……기억하고 있었구나."

"그렇지 뭐. 엄청난 실수를 저지르는구나 싶어서 당시에는 인상적이었으니까. 덕분에 나는 차분하게 수험을 치를 수 있었어."

"그게 뭐야, 비아냥? ……왜 그 일을 기억한다고 바로 알려 주지 않았어?"

"그야 입학 후 나와 히나타의 첫 만남은 좀 그랬잖아? 오히려 나는 네가 잊은 줄 알았어."

"이 은혜도 모르는 놈이라고 생각했어?"

"난 그렇게까지 성격 나쁘지 않아."

"……응, 나도 알아. ……난, 계속 기억했어. 고맙다고, 계속 말하고 싶었어."

"천만에."

나는 감정을 억누르면서 대화를 이어갔다. 그래서 쌀쌀맞은 느낌이 되어버리고 말았지만, 가슴 안쪽은 타오르듯이 뜨겁다.

세코가 내 방에 있다. 내 옆에 있다. 살짝 손을 뻗으면 닿을 수 있을 거리.

세코를 원한다. 세코를 만지고 싶다. 만져도 될까? 온몸으로 맞닿아도 되려나?

있잖아, 세코—.

"어머, 아직 쉬고 있었구나."

"……아."

방문이 열리며 나타난 미사의 모습을 본 순간, 나는 제정신을 차렸다.

"조용하길래 이미 공부를 다시 시작한 줄 알았는데."

"아아, 빈둥빈둥 쉬었어. 역시 야자키가 없으면 정신을 바짝 차릴 수 없나 봐."

"후후. 그래? 그럼 지금부터 다시 정신을 바짝 차리고 힘내

자. 그치, 하루."

"어……. 아, 응. 힘낼게!"

나는 펜을 다시 들고 책상을 향했다. 하지만 아주 조금 건성
이었다.

그대로 미사가 돌아오지 않았더라면, 나는 어떻게 했을까?

그런 생각이 머릿속을 스쳤지만, 나는 고개를 내저으며 사
념을 몰아내고 눈앞의 문제집에 집중하기로 했다.

◇

스터디 모임을 연 보람이 있었는지, 우리는 기말고사에서
낙제점을 하나도 받지 않고 무사히 돌파할 수 있었다.

그렇게 여름 방학이 시작되었다. 우리는 어디로 놀러 갈지
두근거리는 마음으로 이야기를 나누었다.

모처럼이니 여름 느낌이 물씬 나는 곳으로 가고 싶다는 이
야기가 나와서, 대화를 나눈 결과 수영장에 가게 되었다.

수영장이라아. ……수영장?! 그렇다면 수, 수영복?!

나는 수영장을 동성 친구하고만 가 봐서 의식한 적이 없었
지만, 그렇다. 수영장에 가게 되면 세코에게 수영복을 보여 주
게 되는 건가……. 우와우와!

어, 어쩌지? 중학생 때 산 수영복이 있긴 하지만, 이걸 입으
면 세코는 실망하지 않으려나. 애초에 그때 수영복이 몸에 맞

을까? 최근, 신체 일부의 성장이 대단한데…….

중학생 때 산 수영복을 입어 본 결과 몸에 들어갈 기색이 없었기 때문에, 나는 수영복을 새로 사기로 했다. 지출이 늘어난다고 생각하면서도 두근거림이 멈추지 않는다.

어떤 수영복을 살지 고민하고 있으니 휴대 전화가 울렸다. 소리를 통해 메시지 알림이라는 것을 알고, 바로 내용을 확인하자 미사에게서 온 것이었다. 같이 수영복을 사러 가지 않겠느냐는 시의적절한 권유였다.

바로 답장을 하고서 커다란 상업 시설이 눈앞에 있는 역까지 전철로 찾아온 나는, 먼저 도착했다고 연락이 왔던 미사와 개찰구 앞에서 합류했다.

미사는 새하얀 원피스에 밀짚모자를 쓰고 있었다. 화사함이 다른 사람과 명백히 달라서 아름답다.

"오래 기다렸지. 밀짚모자가 잘 어울리네!"

"고마워. 이거, 사촌 여동생이 골라 줬어."

"어라, 사촌 여동생이 있었구나."

"응. 우리보다 네 살 어려서 아직 초등학생이지만, 무척이나 똑 부러진 애야. 다음에 하루한테 소개하고 싶어."

"꼭 소개해줘! 미사의 사촌 여동생이라면, 오히려 똑 부러진 모습밖에 상상이 안 가네."

"너무 허들을 올리지 말아줘. 그 애에게도 나이에 걸맞은 구석은 있으니까."

"에헤헤. 미안, 미안."

나는 미사에게 사촌 여동생이 있다는 소리는 처음 들었다. 미사의 절친이 되고 나서 미사에 대해서 잔뜩 알게 된 줄 알았지만, 아직 모르는 점이 많다는 사실을 실감했다.

"하지만 역시 그 애는 같은 또래보다는 똑 부러진 것 같아. 물론 팔이 안으로 굽는 것도 고려해 줬으면 좋겠지만, 자기 의견을 명확하게 가지고 있어. 살짝 건방지다고 느껴질 때도 있을 만큼. 하지만 그건 자기 의지를 가지고 있다는 뜻이니까 자랑스러워하면 좋겠어. 게다가 무척 귀여워. 예전부터 나를『언니, 언니』라고 부르며 잘 따라 주거든. 그 애가 나를 언니로서 따라 주듯이, 나도 그 애를 친동생처럼 귀여워 해. 요전번엔 『만들고 싶은 요리가 있어요』라며 요리책과 재료를 가지고 우리 집에 놀러 왔지 뭐야. 그 애, 요리 센스도 있는 것 같아. 처음인데 대성공이었어. 앗, 나중에 그때 찍은 사진을 보여줄게."

"아, 응. 고마워."

아무래도 미사는 사촌 여동생을 정말 좋아하나 보다.

분명 토네이도 패닉에서는 이런 사람을 시스콤이라고 했었지. 즉, 미사는 시스콤?

"그런데, 어디 괜찮은 가게는 있어? 나는 최근에 수영복 같은 걸 안 사서 잘 몰라."

"나도 그다지 잘은 모르지만, 일단 여기에 오기 전에 찾아 뒀어. 여기인데."

그렇게 말하고서 미사는 자신의 휴대 전화 화면을 보여 주었다. 거기에 비친 가게는 그 상업 시설 안에 있는 것이다. 가격도 부담 없어 보인다.

"여기 좋네! 알아봐 줘서 고마워. 미사~, 사랑해~."

"정말. 더워, 하루."

미사는 내가 끌어안을 때 그런 말을 하지만, 결코 나를 떼어 내려고 하지는 않는다. 생각해 보면 이런 점에서 미사가 언니 같다는 느낌을 받는다. 동급생인데 무심코 어리광을 부리고 싶어진다.

나는 미사의 매력을 만끽한 후, 수영복 가게로 향했다. 시기가 시기인지라 우리 이외에도 손님이 많았다. 오히려 부담 없이 들어갈 수 있어서 좋았다.

가게에는 전문점인 만큼 매우 다양한 수영복이 있었다.

"우와아, 엄청난 숫자야. 고민되네."

"그러게. 일단 몇 개쯤 골라 볼까."

중학생 때 샀던 건 원피스 수영복이었다. 역시 피부를 드러내기는…… 부끄럽다. 다리는 그나마 낫다. 육상부 유니폼으로 자연스럽게 익숙해져 버렸고, 단련했으니까 보여줘도 부끄럽지 않다.

하지만 상체는 부끄럽다. ……역시 원피스 수영복이 좋으려나. 응, 안정감이 제일이지.

"미사. 뭐가 좋아, 앗―?!"

어떤 것을 고르고 있을지 궁금해서 뒤를 돌아보자, 그 애의 손에는 검은 비키니가 들려있었다.

비키니?! 더군다나 검은색이라니!

"미, 미사. 그걸로 하게?"

"……응. 어울릴까?"

"그야 미사 너니까 어울리겠지만…… 이런 걸 좋아해?"

"……글쎄. 아마 좋아하려나."

"흐, 흐음."

설마 미사가 그런 대담한 애였다니! 청초함을 구현한 것 같은 눈앞의 미소녀가 그런! 계산하는 점원분이 곤란할 거야!

……못 이기겠네. 좋아하는 애의 비키니 차림이라니, 틀림없이 그 녀석은 못 박힌 듯이 미사에게 시선이 고정될 게 뻔하다. 그런데 내가 고작 원피스 수영복을 입으면…….

아까 전까지 보고 있던 구역에서 벗어나 가게 안을 둘러보자 새로 마음에 드는 디자인의 수영복을 발견했다.

"……이거라면 괜찮을까. 천 면적이 조금 넓지. 하지만 나에게 이런 프릴은……."

"하루 넌 그걸로 하게?"

"어?! 아, 응, 고민 중이려나."

"그래? 하루는 해바라기를 좋아하네. 그 왜, 머리핀도 그렇고."

"어?!"

미사의 말에 그제야 내가 들고 있는 수영복이 해바라기 무늬라는 사실을 깨달았다. 포인트가 하나니까 깨닫지 못한 것은 아니다. 어쩐지 스스로 좋다고 생각한 것이 이거였다.

……나는 참 단순하네. 하지만 어쩐지…… 좋아.

"……나, 이걸로 정할래!"

제5화 타들어 갈 만큼 뜨거운 여름

대망의 여름 방학에 돌입한 우리는 곧바로 여름의 묘미라고 할 수 있는 수영장에 찾아왔다.

찾아온 곳은 마을에서 조금 떨어진 위치에 있는 레저 수영장이다. 작년에 문을 연 모양인데, 최신 놀이기구가 갖춰져서 평판이 좋다.

지금 나는 이미 수영복을 갈아입고 나와 있어서 두 사람이 갈아입고 오기를 기다리는 중이다.

중학생 때 이후 수영 수업이 없어져 버렸기 때문에, 나는 야자키의 수영복 차림을 본 적이 없었다. 그 때문에 어젯밤에는 흥분과 긴장으로 좀처럼 잠이 들 수 없었다. 어느 정도냐 하면 지금도 두근거림이 멈추지 않는 정도다.

대체 야자키는 어떤 수영복을 입고 올까? 망상이 부풀어 오른다. 야자키는 어쩐지 원피스 수영복처럼 노출이 적은 수영복을 입을 것 같은 이미지가 있다. 나는 사실 다른 걸 살짝 기대하게 되지만, 오히려 원피스 쪽이 마음이 놓일지도 모른다.

"미안해, 늦었어."

뒤에서 야자키의 목소리가 들렸다.

나는 한숨을 내쉬고 기세 좋게 뒤로 돌았다.

"으......!"

그 모습을 본 순간, 나는 숨을 삼켰다.

　야자키는 검은색 바탕에 하얀 악센트가 들어간 비키니 차림으로 나타났다. 야자키의 하얀 몸이 돋보이는 멋진 디자인이라고 생각하면서도, 의외로 대담한 수영복에 놀라 자빠질 뻔했다.

　"세코 군, 어때?"

　"진짜 끝내줘! 퍼펙트! 여신이 강림한 줄 알았어! 좋아해, 사귀어 줘!"

　"후후, 다행이다. 이거, 꽤 도전해 본 거야."

　나는 찬사의 말을 늘어놓은 후, 저도 모르게 기세에 떠밀려 고백하고 말았다. 하지만 이번에도 멋지게 깨지고 말아서 침울해질 것 같았지만, 만족스럽게 미소 짓는 야자키를 보고 있자 가라앉았던 기분도 점차 고조되었다.

　야자키의 수영복 차림에 푹 빠져 있었는데, 그 옆에 서 있던 히나타가 딱 한 걸음 앞으로 나와 머뭇거리며 물었다.

　"……나는?"

　"……그게, 히나타도 잘 어울려."

　"……흥. 미사 때하고는 반응이 전혀 다른데."

　히나타는 프릴이 달린 귀여운 수영복이었는데, 이쪽도 비키니 수영복이지만 노출은 야자키보다 적다. 의외였던 것이 당당한 모습의 야자키에 비해서, 히나타는 얼굴을 붉게 물들이며 부끄러운 듯이 몸을 꼼지락거리고 있던 점이다.

　그리고…… 가슴이 커서, 무심코 눈이 가고 마는 것을 가까스로 참느라 필사적이 되어 버린다. 이건 야자키에게 들킬 수도 없고, 히나타에게도 무슨 소리를 듣게 될지 모른다.

"세코. 미사를 뚫어지게 쳐다보지 마."

"그게 무슨! 그걸 금지당하면, 대체 뭘 위한 수영장 이벤트인데!"

"평범하게 즐기면 되잖아."

"후후. 나, 이렇게 친구랑 수영장에 놀러 오긴 처음이야. 세코 군은 즐겁지 않아?"

"아니, 무지 즐거워! 아직 수영하지 않았지만 이미 즐거워! 어, 워터 슬라이더가 있네. 가보자고!"

"저게 뭐야, 미끄럼틀? 어쩐지 재미있어 보이네. 가보자."

"……바보 같아."

야자키를 꼬셔서 워터 슬라이더에 가려고 했지만, 히나타가 따라오지 않는다는 사실을 깨달았다.

뒤를 돌아보자 히나타는 어두운 표정으로 멀거니 서 있었다.

"히나타. 안 가?"

"앗…… 가, 갈게!"

내가 말을 걸자, 히나타는 싱글거리는 표정으로 대답하고서 우리 곁으로 달려왔다.

"야, 풀장 옆에서 뛰면—"

"꺅."

내가 우려한 대로, 히나타는 젖은 바닥 때문에 미끄러지고 말았다.

나는 히나타를 정면에서 받아냈다.

"─이런. 거 봐, 말했잖아. 물건을 놓고 오는 것도 그렇고, 넌 덜렁이라니까."

"시, 시끄러워. ……하지만 고마워."

내 품 안에서 얌전한 태도를 보이는 히나타의 모습을 보자 가슴이 철렁했다. 아까 전부터 몸에 부드러운 것이 닿아서 심장이 격렬하게 고동치는 감각을 느꼈다.

"안 떨어져?"

"앗!"

"……!"

야자키의 말을 듣고 우리는 황급히 떨어졌다.

히나타와 떨어졌는데 아까 전까지 느꼈던 부드러운 감촉은 사라지지 않고, 고동이 잦아들 기미도 없었다.

그녀는 그녀대로 멍한 표정을 띠고 있었다. 평소의 히나타라면 야자키의 말을 듣기 전에 악담하며 떨어졌을 법도 한데.

"있잖아, 저 미끄럼틀에 갈 거지? 어서 가자."

"응? 어, 으응. 그래. 나도 타본 적은 없지만 무지 재미있대!"

"그렇구나, 후후. 기대된다. 그치, 하루."

"으, 응. 그러게. 뭐 세코의 정보가 틀릴 가능성도 있지만."

"이 정보는 텔레비전에서 얻은 거야. 그러니까 틀리면 방송국에 항의를 넣어줘."

"뭘 책임을 떠넘기려고 하는 건데. 우리에게 있어서 정보 제공원은 너야. 제대로 책임을 지라고."

히나타와 평상시에 주고받는 대화가 되돌아왔다. 살짝 가슴을 쓸어내렸지만, 어딘가 유감스럽게 느끼는 내가 있었다.

애초에 여름 방학이니까 수영장에 온 사람이 많다는 점도 있지만, 역시 워터 슬라이더가 이 수영장의 인기 시설이리라. 미끄러져 나오는 장소까지 이어지는 계단에는 긴 줄이 생겨 있었다. 패스트패스 같은 것도 없어서, 우리도 그 줄에 서게 되었다.

하지만 평소 한가한 시간에 모여서 잡담하는 세 사람이다. 대기 시간이 버티기 힘들어지는 일은 없었다. 이야기가 멈추면 또 누군가가 새로운 화제를 제공해서 흥이 오르고, 또 이야기가 멈추면 그 과정을 반복한다.

하지만 평소의 우리와는 결정적으로 다른 점이 있다. 바로 차림새다.

그 때문에 나는 어디에 시선을 두어야 좋을지 몰라서, 늘어선 줄을 보거나 또는 먼 곳을 바라보았다. 두 사람의 얼굴을 보고서 이야기하려고 하면 아무래도 시선이 내려간다. 고육지책으로 아예 다른 곳을 볼 수밖에 없는 것이다.

그런 시간을 보내고 있자니, 이제 곧 우리 차례가 돌아올 곳까지 줄이 나아갔다. 아래에서 보았을 때보다도 높게 느껴져서 아주 조금 다리가 얼어붙었다.

이럴 때, 자신보다 무서워하는 사람을 보면 오히려 무서움이 잦아든다고 한다. 그건 사실인 모양이라, 눈앞에서 떨고 있는 야자키를 보자 내 몸의 떨림은 한순간에 멈췄다.

"야자키, 괜찮아?"

"으, 으응. 생각보다 높아서 깜짝 놀랐을 뿐이야."

"……정말로?"

"……인정할게. 실은 아주 조금 높은 곳은 불편해."

"어. 그럼 말하지 그랬어. 지금부터라도 내려갈래?"

"아니. 여기까지 줄을 섰고, 모처럼이니까 마지막까지 해내겠어. 게다가 세코 군이 재미있다고 권해 줬으니까."

"윽."

그 이유는 솔직히 기쁘다. 가슴에 꽂히는 감각이 있었다.

"훗훗후. 책임이 막중하네, 세코."

"재미있어, 재미있을 게 뻔해. 텔레비전에서 그랬고, 다들 이렇게 줄을 서 있고!"

이런데 즐겁지 않다고 하면, 방송국에 곧바로 클레임을 넣어 주겠다.

"그런데 히나타는 괜찮구나."

"그렇지 뭐. 높은 곳 같은 데선 쌩쌩하고 제트 코스터 계열도 좋아해."

"제트 코스터……. 한번 타 보고 싶었는데, 역시 나한테는 무리일까?"

"그렇지 않아! 제트 코스터에도 단계가 있으니까, 자신이 즐길 수 있는 단계를 찾아내면 그만이야! 다음에 같이 가자. 내가 같이 타 줄 테니까!"

"그렇구나. 후훗, 그럼 부탁할까."

히나타의 재치 덕분에 야자키의 얼굴에 웃음이 되돌아왔다. 내가 웃게 해줄 수 없었던 것은 조금 분하지만, 야자키의 마음에 여유가 생긴 모양이라서 다행이다.

"다음 분 오세요."

스태프가 재촉하자 우리는 슬라이더의 시작 지점으로 이동했다. 거기에서 보는 풍경은 아까 전과는 또 다른 박력이 있다. 멈췄던 내 몸의 떨림도 돌아왔다.

"여, 역시, 난……."

야자키의 몸이 더욱더 떨리기 시작했다.

역시 포기하는 쪽이 좋으려나. 그렇게 생각한 그때—

"무섭다면 두 분이 같이 타시면 어떨까요. 버팀목이 있으면 차분해져요."

스태프 누나가 그렇게 말하며 나에게 엄지를 치켜세웠다. 역시나 나도 그 말에 담긴 의도를 알아챘다.

"그, 그럼, 미사. 나랑 같이 타자!"

옆에 있는 히나타도 알아챈 모양이라서 그렇게 말하며 야자키에게 손을 내밀었다.

　하지만 야자키는 그 손을 바라보기만 할 뿐 잡으려고 하지 않았다. 무언가 망설이는 듯한 기색. 그것이 딱 몇 초 이어진 후, 야자키는 내 눈을 보고서 말했다.

　"세코 군. 나랑 같이 타 줄 수 있을까?"

　"어, 나?!"

　갑작스러운 부탁에 경악의 목소리가 나오고 말았다. 물론 히나타도 놀라서 붕 떠 있던 상태였던 손을 물리면서 말했다.

　"어, 어째서 세코랑?! 내가 더 좋잖아? 그 왜, 여자끼리고, 나는 하나도 안 무서우니까, 나한테 의지해ー."

　"아니. 세코 군과 타고 싶어. 세코 군, 실은 아주 조금 무섭지?"

　"……들켰어?"

　"응. 몸이 아주 조금 떨고 있어. 나만 무서워하는 게 아니라고 안심했어. 하지만 지금, 내가 하루와 타면 그런 세코를 혼자 두게 돼. 그건 싫어. 게다가 무서워하는 사람끼리 타면, 이것도 상부상조가 되잖아?"

　그렇게 말하며 야자키는 장난스러운 웃음을 띠었다. 그것은 여태까지 본 적 없는 웃음이라서, 내 심장이 철렁 뛰었다.

　"그렇게 됐으니까. 미안해, 하루."

　"……아니야! 그런 거라면 어쩔 수 없나! 자, 어서 가, 쫄보."

　"쫄보라고 하지 마."

히나타에게 등을 떠밀리는 형태로, 나는 야자키와 함께 슬라이더 정상에 앉았다. 야자키가 앞이고, 내가 뒤이다.

야자키의 몸에 되도록 닿지 않게끔 중심을 뒤로 하고 손도 옆에 놓아두자, 스태프 누나가 히죽거리면서 말을 걸어왔다.

"자, 손님, 여자친구 분의 몸에 팔을 둘러요. 단단히 지탱해 주세요!"

"저기, 야자키는 아직 여자친구가 아닌데요."

"자자. 여자친구 분은 괜찮죠?"

"……네. 괜찮아, 세코 군. 좀 더 나한테 붙어."

"어…… 아니이, 하지만 그건 좀. 이런 차림새고."

"사람은 사람과 맞닿음으로써 행복 호르몬이라고 불리는 옥시토신이 분비된대. 지금, 긴장을 풀기 위해서 최적인 행동 아닐까?"

과학적인 근거를 섞으며 설득하면, 내가 대꾸할 수 있는 말 같은 건 없다.

"……알았어."

한숨을 후우 쉬고, 천천히 팔을 야자키의 몸 앞으로 둘렀다. 그러자 필연적으로 다른 곳도 닿게 되었다. 팔에는 야자키의 배가 닿는 감촉이, 가슴에는 야자키의 등이 닿는 감촉이, 다리에는 아까 전부터 야자키의 엉덩이 부분이 닿는다.

서로의 체온이 서서히 맞춰져서 맞닿은 부분이 같은 온도가 되었다. 그러자 감각이 동화되어, 마치 야자키의 몸과 이어진 감각까지 느껴졌다.

"……어쩐지 기분이 좋네."

"……어?"

야자키가 작게 중얼거린 말을 되물으려고 생각한 그때—.

"자! 그럼, 다녀오세요!"

스태프 누나가 툭 등을 밀어 버려서 우리는 출발하게 됐다.

기세 좋게 미끄러지기 시작한 우리는 물의 기세와 낙하로 인해 속도를 올리면서 점점 지면으로 다가갔다.

"우와아아아아아아아아아아."

"꺄아아아아아아아아아아아."

생각보다 더한 박력에, 나도 모르게 야자키의 몸에 둘렀던 팔의 힘이 강해지고 말았다.

그대로 우리는 지상에 있는 수영장에 내던져지고 물에 떨어짐과 동시에 분리되었다. 서둘러 머리를 물속에서 꺼내고 야자키의 상태를 확인했다. 야자키도 뒤늦게 떠올라서, 물속에서 얼굴을 내밀었다. 그 표정은 아까와는 다르게 고양 되어 있어서 어딘가 만족스러운 기색이었다.

우리는 얼굴을 마주 보며, 어느 누가 먼저랄 것 없이 웃음을 터뜨렸다.

"아하하하하. 엄청 무서웠어! 그렇게 속도가 나는구나!"

"우후후. 정말로, 깜짝 놀랐지 뭐야. 정말, 그렇게나 큰 소리는 처음 내 봐."

그러고 보니 야자키도 큰 소리를 냈었구나 하고 생각했다.

다음 사람이 내려와서 우리는 급히 수영장에서 나갔다. 풀장 옆으로 나가자 먼저 나갔던 야자키가 「게다가.」라고 말을 이었다.

"무척 두근거렸어."

그때 야자키가 지은 표정은 마치 영화 속의 주인공 같았다.

용기를 내서 사고, 힘내서 입은 수영복을 세코에게 선보였다.

미사와 함께 세코에게로 간 것은 실패였다. 세코는 미사가 나타났을 때부터 계속 미사의 수영복에 시선이 못 박혔다.

"……나는?"

그래서 스스로 물어보았다. 부끄러움도 있었지만, 분하다던가, 나에게도 칭찬해 주기를 바라는 마음이 강했으니까.

"그게…… 히나타도 잘 어울려."

"……흥. 미사 때하고는 반응이 전혀 다른데."

세코가 봐 주었다. 나를 봐 주었다. 어울린다고 말해 주었다. 이상하게 생각하지는 않나 보다. 도전해 보기를 잘했다. 있잖아, 좀 더 봐 줘. 이 수영복, 세코를 위해서 산거야. 가슴께도 사양하지 않고 봐 주면 좋겠네. 프릴 같은 것도 예쁘고, 해바라기도 있어. 세코는 나한테 해바라기가 어울린다고 말해 줬는

걸. 있잖아, 부탁이니까 좀 더 나를 봐 줘, 세코.

마음속으로 세코를 향한 마음이 폭주한다. 하지만 그 화살표는 일방통행이다.

나는 세코의 시선을 좇았다. 역시 세코는 미사의 수영복 차림에 푹 빠졌다. 가슴이 조여드는 것처럼 아프다. 싫다.

"세코. 미사를 뚫어지게 쳐다보지 마."

나를 봐 줘. 세코.

그 후에도 그 둘이 즐겁게 이야기하고, 세코의 제안으로 워터 슬라이더를 타러 가게 되었다.

"……바보 같아."

역시 세코에게 나는 좋아하는 사람^{미사}의 절친일 뿐이구나. 아까 칭찬해 준 것도 인사치레구나. 기대했는데, 어쩐지 이제 집에 가고 싶어지기 시작했다.

기분이 침울해졌다. 주위의 들뜬 목소리가 귀에 거슬리게 느껴지기 시작했다.

그런 와중에, 내 귀에 쏙 닿는 목소리가 있었다.

"히나타. 안 가?"

정신을 차리자 세코와 미사는 이미 걷기 시작했다. 그리고 세코는 내가 따라오지 않는다는 사실을 알아채고서, 말을 걸어 주었던 것이다.

다행이다. 세코는 미사만을 보는 게 아니었다. 나도 제대로 봐 주고 있었다.

세코, 좋아해. 좋아해. 정말 좋아해.

"앗……. 가, 갈게!"

세코에게 대답하고 살짝 초조해져서 두 사람 곁으로 가려고 했다. 그러나 바닥이 젖어 있던 탓에 발이 미끄러지고 말았다.

이대로 넘어지고 말거라 생각해서 통증을 예상하고 눈을 감은 순간, 앞에 있던 세코가 내 몸을 받아서 안아 주었다.

"—이런. 거 봐, 말했잖아. 물건을 놓고 오는 것도 그렇고, 넌 덜렁이라니까."

"시, 시끄러워. ……하지만 고마워."

지적을 당해서 평소의 기세로 악담하고 말았지만, 금세 자연스럽게 입에서 감사의 말이 나왔다.

세코가 나를 받아서 안아 줬다. 어쩌면 우리는 지금, 서로 끌어안고 있는 자세인가? 곤란해. 심장이 찢어질 것 같다. 하지만 이렇게 실제로 닿아 보니, 세코의 단단한 몸의 감촉이 잘 전해져 온다. 뭐랄까, 듬직하다. 이게 남자의 몸인 걸까? 게다가 피부가 맞닿는 게 이렇게나 기분 좋을 줄은 몰랐다. 세코여서 그런가? 좋아하는 사람이어서 그런가? 계속 이 자세 그대로 있고 싶다. 세코는 어떨까? 싫지 않을까? 나와 같은 마음이라면 기쁘겠는데. 어때, 세코.

세코를 향한 마음이 깊어져 가고 있었는데, 미사가 말을 걸어와서 제정신을 차린 나는 세코에게서 떨어졌다.

그 뒤로 워터 슬라이더 대기 줄에 서면서도, 나는 좀 전에 느꼈던 온기를 잊지 못하고 있었다. 좀 더 몸을 맞대고 싶었다. 그런 느낌이 내 마음속에서 소용돌이치고 있다.

"……아."

세코, 지금 내 가슴을 봤어?

세코는 아까 전부터 일부러 그러는 양 먼 곳을 보고 있다. 평소에는 우리 얼굴을 똑바로 보며 얘기하는데. 하지만 대화 중에 계속 딴 데를 보고 있을 수도 없어서 이쪽을 돌아볼 때, 시선이 힐끔 내려갈 때가 있다.

보고 있어도 괜찮아, 세코. 세코도 남자애인걸. 괜찮아. 봐 줘. 내 걸 봐 줘. 미사 건 싫어. 세코는 큰 걸 좋아할까? 나, 최근 커졌어. 좀 더 살을 드러낼 걸 그랬나. 다음에 또 올 때는, 나도 좀 더 힘낼게.

내 머릿속은 이미 세코 생각으로 가득해졌다. 의식해 주길 바란다. 봐 주길 바란다. 만지길 바란다. 세코를 향한 마음이 날뛰어서 참을 수가 없다.

그래서 미사의 이변을 알아챌 수가 없었다.

평상시의 나라면 알아챘을 텐데. 미사는 높은 곳이 질색인지, 줄에 서 있는 동안 계속 떨고 있었던 모양이다.

그 사실을 깨달았을 때는 우리 순서가 돌아오기 직전. 책임감 있는 미사니까 여기까지 와서 자기 때문에 포기하지 않으리라는 건 알았다.

"무섭다면 두 분이 같이 타시면 어떨까요. 버팀목이 있으면 차분해져요."

스태프가 그런 말을 했다. 그 의도를 금세 이해한 나는 미사에게 나랑 같이 타자고 제안했다. 거절당하리라 생각지는 않았다. 왜냐하면 여자끼리고, 무서워하지 않는 나에게 기대는 것이 보통이라고 생각했으니까.

하지만 미사는 내 제안을 거절하고 세코에게 함께 타달라고 부탁했다.

세코가 미사를 뒤에서 끌어안다시피 해서 미끄러질 준비를 했다. 마치 두 사람이 연인 사이 같다.

세코는 미사의 몸에 닿고 말아서 얼굴을 붉히고 있다.

그리고 미사는…… 여태까지 본 적 없을 만큼 행복해 보이는 표정을 띠고 있었다.

지금이라도 늦지 않았다. 역시 미사에게 나랑 타자고 말하려 한 순간.

"자! 그럼, 다녀오세요!"

스태프의 기운찬 목소리와 함께 두 사람은 아래로 내려갔다.

위에 남겨진 나를 안내하려고 다가온 스태프가 내 모습을 보고 표정이 굳었다.

"저, 저기, 다음에 탈 준비를……."

"네. 두 사람 모습을 똑똑히 봐서, 어떻게 하는지는 알았어요."

나는 재빨리 준비하고, 스태프의 「가, 가세요.」라는 떨리는 목소리를 들은 순간 미끄러져 내려갔다.

지상의 수영장에 몸이 내던져졌지만 금세 일어서서 풀장 옆쪽으로 눈길을 향했다.

세코와 미사가 사이좋게 웃는 광경이 보였다. 미사는 워터 슬라이더를 타기 전에는 무서워했는데, 아무래도 둘 다 재미있었던 모양이다.

……나는 재미있지 않았는데.

하지만 그런 감상을 말하면 찬물을 끼얹는 것이 되고 만다.

"이거 참, 상당히 스릴이 있었어! 꽤 제법이잖아, 워터 슬라이더!"

그래서 웃는 표정을 지으며 그렇게 말했다. 한순간 세코는 당황한 표정을 띠었지만, 가슴을 쓸어내리며 안도한 듯한 표정으로 바뀌었다. 내 언동으로 세코의 표정이 바뀌는 것이 무척이나 기쁘다. 마음이 따스해진다.

"역시 평판이 맞았다는 뜻이구나. 어때, 내 정보는 틀리지 않았잖아."

"훗. 우연히 얻어걸린 주제에 잘도 말하네."

"뭐라고!"

"후후. 하지만 정말로 재미있었어. 아래가 물이라고 생각하니, 그다지 무서워지지 않게 되더라."

"오. 그럼 한 번 더 타러 가자—."

"안 가."

스스로도 깜짝 놀랄 만큼 나지막한 목소리가 나왔다. 이런 목소리를 내다니, 세코에게 미움 받지 않을지 불안해진다.

하지만 한 번 더 타러 가는 것만큼은 싫었다. 또 그런 광경을 보는 일만큼은 절대로 피하고 싶어. 미안해, 세코.

"그 왜, 또 오랫동안 줄을 서야 할 테니까! 다른 것도 즐기려면, 시간이 부족해진다고!"

적당한 변명을 늘어놓으며 나는 자기 보신을 꾀했다.

"……아, 아아, 그러네. 응, 다른 곳도 가볼까. 야자키도 그러면 될까?"

"응. 후후, 오늘은 이것저것 첫 경험을 해 볼까."

"그런 말투는 엄청나게 오해를 산다고!"

"우와, 세코. 무슨 생각을 하는 거야! 변태!"

그런 악담을 하면서, 나는 내심 안도했다.

여름이라고 하면 이거다 하고 후보에 오르는 것이 또 하나 있다. 바로 여름 축제다.

이 지역에서는 매년 여름이 되면 꽤나 큰 규모의 불꽃놀이가 열린다. 축제가 열리는 근처에는 노점이 늘어서서 매번 분위기가 크게 고조된다.

나는 지갑에 평소보다 조금 넉넉한 금액을 넣고서 집을 나섰다.

오늘도 전철을 타지만 약속 장소에 도착할 때까지 두 사람과 마주치지는 않았다. 아무래도 나와 합류하기 전에 두 사람은 별개로 행동하는 모양이다.

나는 약속 장소에서 단체 대화방에 도착했다고 전했다. 그러자 바로 답신이 왔는데, 둘 다 곧 도착한다고 한다.

주위에 유카타를 입은 군중이 오가는 것을 바라보면서 어쩐지 이 상황에 기시감을 느끼고 있자니, 내 이름을 부르는 목소리가 들렸다.

"오래 기다렸지, 세코 군."

목소리의 주인이 야자키라는 사실을 금세 알아차렸다.

그래서 뒤를 돌아보면서 「나도 방금 막 왔어.」라고 대답하려다가 할 말을 잃었다.

내 뒤에 나타난 두 사람은 유카타 차림이었다.

야자키는 검은색을 바탕으로 한 유카타를 입고 있었고, 머리카락도 땋아서 위로 올렸다. 그 때문에 평소에는 숨겨져 있는 목덜미가 보여서…… 색기가 대단하다. 또 이상한 감정을 품게 되고 말 것 같다.

반면에 히나타는 흰색 바탕의 유카타인데, 노란색 해바라기 무늬가 히나타에게 잘 어울렸다. 히나타는 머리 모양을 바꾸지는 않았고, 평소에 하던 머리핀이 앞머리에 꽂혀 있었다. 순진함이 남은 히나타에게 딱 맞는 차림새이다.

"세코 군. 입 다물고 물끄러미 보지 마. ……역시나 부끄러워."

"앗. 미, 미안."

할 말을 잃은 채 굳어서 그 애들의 유카타 차림을 응시하고 있었기 때문에, 얼굴을 살짝 붉혔던 야자키에게 주의를 받고 사과했다.

"넋이 나갔거든……. 정말로 멋져. 요조숙녀 그 자체 같아. 야자키, 좋아해. 사귀어 줘."

"그건 역시나 칭찬이 너무 과해. 하지만 고마워. 세코 군."

야자키에게 감사 인사를 듣기는 했지만, 고백에 관해서는 평소처럼 무시당하고 말았다. 즉, 이번에도 실패였던 모양이라 마음을 전환하고 히나타 쪽으로 향했다.

"히나타도 잘 어울려서 좋네. 그건 네 거야?"

"……대여."

"흐음. 빌린 것치고는 잘 어울려, 정말로. 예쁘고."

"으……. 그, 그건 디자인이, 그렇다는 뜻이야?"

"어?"

히나타가 부끄러워하면서도 그런 질문을 해서 나는 한순간 사고가 정지했다.

저도 모르게 입에서 새어 나와 버린 속마음을 언급하자 대꾸를 못 하고 있으니, 야자키가 대신 입을 열었다.

"물론 유카타의 디자인도 예쁘고, 그걸 입고 있는 하루도 예쁘다는 말이지, 세코 군."

야자키가 도움의 손길을 뻗어왔다고 생각해, 나는 「맞아, 맞아.」라고 야자키의 말을 긍정했다.

　그러자 히나타는 야자키를 물끄러미 본 후, 「그런가.」라고 중얼거리며 생긋 웃었다.

　"상당히 센스가 있잖아, 세코."

　"히나타 너야말로."

　농담 섞인 말이라는 사실을 알기 때문에 적당히 대꾸했다. 이로써 이 대화는 끝이라는 우리 사이의 신호이다.

　"그럼 곧바로, 노점 순회라도 갈까!"

　"응. 기대된다."

　"에헤헤. 나, 꼭 사과 사탕을 먹을 거야."

　불꽃을 쏘아 올릴 때까지는 아직 시간이 남았다. 그 사이, 시간을 때울 겸 늘어서 있는 노점을 돌았다.

　축제에서 볼 수 있는 요리는 어느 것이나 매력적으로 보인다. 재료가 제대로 들어가지 않은 야키소바도, 집에서 만들면 거의 무료인 빙수도, 슈퍼에서 사면 반값 이하인 닭튀김도 정신을 차려보니 맛있다는 소리를 연발하며 사 먹고 있었다.

　축제의 묘미는 식사뿐만은 아니다. 사격이나 금붕어 뜨기, 고리 던지기 등 경품이 걸려 있는 게임도 많이 있다.

　"금붕어는 역시나 가지고 돌아갈 수 없어."

　"난 어릴 적에 금붕어를 너무 많이 건져서 엄마에게 혼난 적 있어."

　"후훗. 하루는 금붕어 뜨기도 잘하는구나."

"에헤헤. 실은 뜰채가 찢어지지 않는 요령이 있어. 건질 때의 각도가 중요한데…….."

야자키는 히나타가 즐겁게 금붕어 뜨기 요령을 전수하는 것을 흐뭇하게 듣고 있었다. 역시 이 두 사람은 절친 사이기는 하지만 어딘가 자매 같기도 하다.

주위에서 들리는 즐거운 이야기 소리, 두 사람도 신고 있는 나막신이 울리는 소리, 그리고 여름벌레가 우는 소리까지 원래라면 뒤섞여서 불쾌했을 소리가 어쩐지 기분 좋게 들린다.

그렇게 한동안 걷자, 사격장을 차린 노점을 발견했다. 어떤 경품을 늘어놓았는지 바라보고 있는데 히나타가 「앗.」 하고 소리를 냈다.

"동글개 인형이다!"

"동글개?"

"동그란 눈썹이 특징적인 개 캐릭터야! 미사 너 몰라?"

"미안해. 개에는 별로 흥미가 없거든. ……어머? 하지만 어딘가에서 본 적이 있어."

야자키는 생각에 잠긴 표정을 지은 후, 퍼뜩 무언가를 깨달은 표정으로 바뀌었다.

"맞아. 하루, 네가 최근 쓰고 있는 손수건에 비슷한 디자인이 들어가 있지 않았어?"

"아…… 응."

히나타는 그 말에 긍정하고 힐끔 내 쪽을 보고 나서 말을 이었다.

"에헤헤. 맞아. 그거 있지, 아끼는 손수건이야."

흐음 하고 감탄한 목소리를 흘리는 야자키와는 반대로, 나는 살짝 부끄러워서 시선을 피했다.

"저기 있잖아. 나 좀 도전하고 와도 될까?"

"나는 상관없어."

"근처에서 응원해 줄게. 힘내고 와라."

"으, 응!"

의외로 순순히 내 응원을 받아들여 준 히나타는 사격장 아저씨에게 500엔 동전을 건네고서 다섯 개의 코르크와 총을 받아 들고 사격 준비를 시작했다.

히나타가 노리고 있는 커다란 동글 눈썹이 특징적인 시바견 모티프의 인형을 확인했다. 크기가 상당히 크니, 늘어놓은 상품 중에서는 대형으로 분류되는 것이겠지.

히나타는 떨어져 버릴 것 같을 만큼 몸을 앞으로 내밀어서 총을 겨누었다. 그리고— 발사한 코르크는 인형의 옆을 스쳤다.

"아깝다."

그 애의 열의에 사로잡혀서 감정이 목소리로 흘러나오고 말았다.

히나타는 그 후에도 조금씩 방향을 수정하면서 도전했지만, 남은 코르크 탄환이 사라지기 전에 인형이 경품 선반에서 떨어지는 일은 없었다.

"······한 번 더!"

지갑에서 500엔 동전을 꺼내서, 코르크 다섯 개와 교환한 히나타는 다시 도전했다.

하지만 결국 경품에 한 번도 맞지 않아서 추가한 코르크 다섯 개도 다 쓰고 말았다.

"으으······."

뒷모습만 봐도 알 수 있을 만큼 그 애는 원통해 보였다.

그 모습을 봐서일까? 아니면 그 애의 열의에 영향을 받았을까? 나는 지갑에서 돈을 꺼내 사격장 아저씨에게 건넸다.

"세코?"

히나타는 미약하게 떨리는 목소리로 내 이름을 불렀다. 나는 굳이 대답하지 않고, 집중해서 총을 겨누었다.

내가 노리는 목표물은 정해져 있다.

탕, 탕, 탕, 탕.

네 발 분량의 코르크를 다 쏘았지만, 아직 맞추지 못한 상태였다.

다소 초조해지기 시작했지만 한 번 심호흡하고서 다시 집중했다. 마지막 한 발이다. 여기에 모든 것을 건다.

탕.

마지막 코르크는 인형의 이마에 맞았······지만, 인형을 떨어뜨리는 일까지는 이루지 못했다. 나도 싱겁게 모든 탄환을 다 쓰고 말았다.

하지만 마지막 한 발은 맞출 수 있었다. 감각은 파악했다. 앞으로 몇 번쯤 더 하면 떨어뜨릴 수 있을지도 모른다.

나는 추가 탄환을 받으려고 지갑을 꺼냈다. 그러자 히나타가 내 옷자락을 잡아당겼다.

"이제 됐어, 세코."

"⋯⋯가능성은 있을 법했잖아?"

"그런 건, 어쩌다 맞은 걸지도 모르잖아. 세코 네가 이 이상 무리할 필요 없어."

무리 따위는 하지 않았다고 대꾸하려고 히나타 쪽을 돌아보았다.

히나타의 표정은 어째서인지 모르겠지만, 어딘가 만족스러워 보였다.

"하지만, 고마워. 세코."

오늘은 축제날이다.

처음에는 사복 차림으로 가려고 했다. 하지만 미사가 유카타를 입고 가자고 말해서 나도 그러기로 하고 서둘러 미사와 같은 가게에 대여 예약을 넣었다.

예상대로, 유카타 차림을 한 미사는 예뻤다. 수영복도 검은색이었는데, 이번에도 검은색이었다. 그 애의 투명할 정도로 흰 피부 때문인지, 어둠 속에서도 그 애는 빛을 뿜는 것처럼 보였다. 게다가…… 색기가 대단하다.

역시 세코는 미사의 유카타 차림을 칭찬했다. 세코는 늘 미사를 칭찬하지만, 오늘 칭찬은…… 어쩐지 힘이 들어간 느낌이 들어서 싫다.

나도 좀 더 어른스러운 디자인으로 정하면 좋았을걸. 이번에도 한눈에 반해서 골랐지만, 역시 어린애 같았으려나. 그런 생각을 하면서 내가 입고 있는 유카타를 보고 있었다.

"히나타도 잘 어울려서 좋네."

그러자 세코는 미사를 극구 칭찬한 후, 나도 칭찬해 주었다.

세코가 나를 칭찬해 주었다. 예쁜 유카타가 어울린다고 말해 주었다. 기쁘다. 이걸로 정하길 잘했다. 왜냐하면 나는 미사처럼 예쁘지 않으니까 예쁜 유카타를 입지 않으면, 세코는 나를 칭찬해 주지 않으니까. 하지만 오늘은 입고 오길 잘했다. 또 칭찬해 줬으면 좋겠어. 세코. 좋아해. 다음에 또 뭔가 입고 올게. 세코는 뭘 입기를 바랄까? 가르쳐 줬으면 좋겠어. 나, 뭐든지 입어줄게.

"그건 네 거야?"

"……대여."

"흐음. 빌린 것치고는 잘 어울려, 정말로. 예쁘고."

"으……. 그, 그건 디자인이, 그렇다는 뜻이야?"

"어?"

용기를 내서 살짝 적극적인 질문을 해 보자, 세코가 굳어 버렸다.

이상한 질문을 해서 내심 초조해지고 만다. 하지만 듣고 싶다. 세코의 입으로 내가, 예쁘다는 말을.

"물론 유카타의 디자인도 예쁘고, 그걸 입고 있는 하루도 예쁘다는 말이지, 세코 군."

세코의 말을 기다리고 있자니, 대변하는 것처럼 미사가 그렇게 말했다. 세코는 그 말에 고개를 끄덕였다.

간접적이기는 하지만, 세코에게 예쁘다는 말을 들은 내 마음은 콩닥거렸다. ……하지만 역시, 세코가 직접 말해 주기를 바랐다.

침울해져도 별수 없으니, 그 뒤로는 축제를 즐기는 데 전념했다. 눈에 보이는 맛있는 음식을 먹자 점차 행복한 기분이 들었다.

"앗."

눈에 들어온 사격장 경품에 동글개가 있다는 것을 발견했다.

거기에 진열된 동글개는 분명 한정판이다. 지금에는 좀처럼 손에 넣을 수 없는 물건이었다.

반드시 손에 넣고 싶다. 그런 강한 마음으로 도전했지만, 코르크 탄환은 단 한 발도 동글개를 스치지 못했다.

사격에 자신이 있었던 것은 아니지만, 이만큼 간절한 마음이 있으면 기적이 일어나도 이상하지 않다고 생각했다. 하지만 실제로 그런 일은 일어나지 않았다.

내가 아무리 간절하게 바란다 해도 손에 들어오지 않는 것이 있다. 그것을 뼈저리게 느껴서, 어째서인지 모르겠지만 가슴이 아파졌다.

살짝 눈물이 핑 돌자, 세코가 사격에 도전하기 시작했다. 아무래도 나와 마찬가지로, 동글개를 노리는 모양이다.

힘내. 나는 마음속으로 필사적으로 응원하면서 그 도전을 지켜보았다.

결국 마지막 한 발만 맞출 수 있었지만, 세코도 동글개를 떨어뜨릴 수는 없었다.

다시 도전하려고 하는 세코의 옷자락을 움켜쥐고 잡아당겨서 말렸다.

분명 동글개는 손에 들어오지 않았다. 하지만 내 마음은 만족스러웠다. 나를 위해서 세코가 노력한 사실이 기쁘다. 내가 원하는 것을 얻은 느낌이 들었다.

"고마워. 세코."

내가 감사 인사를 하자, 세코는 곤혹스러운 표정을 지은 후 쑥스러운 듯이 굴었다.

사격장을 떠나서 또 잠시 걷고 있으니, 미사가 어떤 노점을 발견하고서 발길을 멈췄다.

받침대 위에 다섯 개의 목제 핀을 피라미드 상태로 포개서 올렸는데, 그것을 볼링 치는 요령으로 던져서 핀을 받침대에서 모두 떨어뜨리면 경품을 얻을 수 있는 모양이다.

아무래도 미사는 도전해 보려는지 가게 점원에게 비용을 지불했다. 그리고 점원에게 받은 공을 세코 앞으로 내밀었다.

"세코 군. 나 대신 도전해 주겠어?"

"내가?"

세코가 내 쪽을 힐끔 보았다. 그 의도가 뭔지는 금세 알았다. 이런 경기라면 내가 더 적임일 텐데 미사는 세코에게 부탁했다. ……어째서?

"응. 세코 군에게 부탁하고 싶어. 안 될까?"

미사가 살짝 나약하게 물었다.

그런 식으로 물으면 안 돼, 미사. 왜냐하면―.

"좋았어! 맡겨줘!"

세코는 의욕이 샘솟는걸.

건네받은 공은 두 개였다. 한 방에 전부 쓰러뜨리면 큰 경품, 두 방이면 과자를 받을 수 있나 보다.

나는 어깨를 돌리며 의욕이 흘러넘치는 세코의 뒷모습을 그저 바라보았다.

"스트라이크! 축하해!"

가게 점원이 커다란 목소리로 세코의 도전이 성공했음을 알렸다.

"해냈구나, 세코 군!"

미사는 평소보다 톤이 높은 목소리로 세코에게 칭찬의 말을 보내며 양손을 들었다. 세코는 그에 응해서 다정하게 미사의 양손에 자신의 양손을 맞댔다.

미사는 경품으로 고양이 캐릭터 인형을 받아서 그것을 소중하게 안았다.

……약았어. 약았어. 약았어. 약았어. 약았어.

내가 원해도 손에 들어오지 않는 것을, 그 애는 간단히 손에 넣고 만다.

절친에게 이런 감정을 품으면 안 되는데.

내 마음의 밑바닥에서 그 애를 원망하는 감정이 피어올랐다.

"히나타."

누가 내 이름을 불러서 제정신을 차렸다. 눈앞에는 사과 사탕이 있었다.

"때마침 옆에서 팔고 있더라. 이거 줄게."

"어……."

"뭐, 그게. 사격 쪽은 유감이었으니까."

세코가 그렇게 말하며 건네준 사과 사탕을 나는 순순히 받아 들었다.

즉, 사과 사탕은 따내지 못한 인형 대신이라는 뜻이리라.

그래도, 그 대신이라도, 내 마음은 채워지고 말았다.

세코는 비겁해. 내 마음을 이렇게 간단하게 가지고 논다.

하지만 좋아해.

◇

사과 사탕을 다 먹었을 때쯤, 우리는 마지막으로 셋이 같이 불꽃놀이를 보기 위해 세코의 안내를 따라서 산속 샛길을 지나 축제 회장 근처에 있는 작은 신사로 향했다.

"의외로 아무도 없는 숨겨진 명당이래. 물론 이 정보를 제공해 준 건 오다야."

신사로 향하는 도중에 세코는 우쭐한 표정으로 그런 말을 했다. 오타 군이 준 정보인데 어째서 세코가 그렇게 자랑스러워하는지 우스워서, 나와 미사는 키득키득 웃었다.

우리는 신사의 경내에 도착했다. 확실히 아무도 없는데 하늘의 불꽃은 똑똑히 잘 보이는 경치 좋은 장소였다.

신사를 등지고 셋이 나란히 서서 불꽃놀이를 기다리고 있자니, 곧 펑, 펑, 하며 눈앞에 펼쳐진 밤하늘에 밝은 꽃이 흐드러지게 피고 뒤늦게 커다란 소리가 심장으로 전해졌다.

"참 예쁘네."

"응. 정말로."

양옆에서 불꽃에 감동하는 목소리가 들려온다. 나는 거기에 「응.」이라고 동의하고, 두 사람과 함께 하늘 위를 바라본다.

나는 늘 세코와 미사 사이에 있다. 그래서 지금도 내 옆에는 세코가 있어서, 고개를 옆으로 돌리면 밤하늘을 올려다보며 감동에 젖은 세코의 옆모습이 보인다.

지금, 세코는 불꽃에 푹 빠졌다. 그래서 깨닫지 못할 것이다.

나는 슬쩍, 세코의 옷자락을 움켜쥐었다. 잡아당기지 않을 정도로, 세코에게 들키지 않게끔.

그러고 있으니, 여기에는 우리 두 사람만 있는 것 같은 기분이 들었다.

시간이 흐르는 감각이 느려지기 시작했다. 계속, 이대로 있고 싶다.

시야 끝에 섬광이 퍼진다. 하지만 그것을 신경 쓰지 않고, 나는 세코의 옆모습에 푹 빠져 있었다.

펑, 펑, 하는 소리가 온몸에 울려 퍼진다. 이것이 불꽃 소리인지, 그게 아니면 내 심장 소리인지 그 차이도 모르게 되었다.

세코. 세코. 세코. 세코. 세코. 세코.

벌써 몇 번째인지 모른다. 머릿속에는 세코로 꽉 차서, 다른 생각은 아무것도 할 수 없게 되었다.

그래서 불꽃놀이가 끝나버렸다는 사실도 알아차릴 수 없었다.

"하루?"

"으?!"

옆에서 누가 내 이름을 부르자, 순식간에 옷자락을 움켜쥐었던 손을 놓고 내 옆으로 되돌려 놓았다.

그리고 천천히 옆을 돌아보았다. 그러자 미사가 의아한 표정을 지으며 나를 보고 있었다.

혹시, 지금 그걸 봤나? 내가 세코의 옷자락을 쥐고 있었던 걸 봤어? 내가 세코의 옆모습에 푹 빠진 걸 봤어?

내가 세코를 좋아한다는 사실을, 들켰어?

초조한 와중, 미사가 더 말을 꺼내기 전에 나는 몸을 먼저 일으켰다.

"아, 아아, 불꽃놀이가 끝나 버렸네! 그러고 보니 나, 솜사탕을 아직 못 먹었어! 아직 노점이 열려 있을지도 모르니까, 솜사탕 사러 다녀올게!"

"이, 이봐. 히나타!"

세코의 목소리가 들려와서 한순간 멈출 뻔했지만, 다시 그대로 이 자리에서 도망치듯이 뛰기 시작했다.

히나타가 갑자기 달려가 버려서, 나는 그 뒷모습을 아연하게 바라보았다.

나막신을 신고 있는데 달리다니 넘어지지 않을지 조금 걱정된다.

분명 솜사탕을 사러 간다고 했던가.

"불꽃놀이가 끝났으니, 우리도 가는 편이 좋을까?"

더 이상 여기에 있을 용건도 없으니 히나타를 쫓아가자고 제안하자, 「잠깐만.」이라고 야자키가 제지했다.

뒤를 돌아보자 나는 야자키와 얼굴을 마주하게 되었다.

"하루는 여기로 돌아올 테니, 엇갈리게 되면 큰일 아닐까."

"으음, 듣고 보니 그러네. 하지만 휴대 전화로 연락할 수도 있고."

"노점 쪽은 사람이 많아서 혼잡할 테니, 합류하기도 그리 쉽지는 않을 거야. 그러니까 세코. 좀 더 여기에 있자. ……우리 둘이."

우리 둘. 야자키가 그렇게 말하자, 나는 지금 상황을 다시금 파악했다.

여름밤, 불꽃놀이를 본 직후, 주위에는 아무도 없는 상황 속에서 좋아하는 애와 단둘이다.

"있잖아, 세코 군."

야자키가 한 걸음, 내 곁으로 다가왔다. 그럼으로써 우리 사이에 있던 공간이 사라졌다. 늘 누군가가 있었던, 그 공간이.

우리는 지금, 완전히 단둘이 된 것 같은 기분이 들었다.

갑자기 심장의 고동이 빨라지기 시작했다. 여태까지는 없었던 긴장을 느낀다.

"불꽃, 참 예뻤지."

"어, 그래."

거기에 지지 않을 만큼 야자키는 예쁘다. 그런 오그라드는 말을 떠올렸지만, 역시나 입 밖에 내기는 부끄럽다고 생각하며 입을 다물었다.

하지만 나를 바라보는 야자키의 눈이 내 입을 열게 했다.

"야자키도 예뻐."

야자키는 옅게 웃으며 말했다.

"구체적으로 가르쳐줘."

한순간 당황했지만 내 입은 술술 말을 자아냈다.

"아까 전에도 말했지만, 유카타, 정말로 잘 어울려. 검은색이라는 게 무척 고상하고, 야자키에게 딱 맞는 것 같아. 분위기도 대단하고, 유카타에 맞춘 그 머리 모양도 무척이나 멋져. 올려서 고정한 게 개인적으로 확 와 닿았어. 그리고…… 밤의 불빛에 비친 야자키는, 무척이나 환상적이고, 매력적이야."

거기까지 다 말했을 때, 야자키는 작게 고개를 끄덕이며 꽃이 피는 것처럼 활짝 웃음을 띠었다.

"기뻐."

야자키는 그렇게 말하며 또 반걸음 다가와 우리 사이의 거리를 좁혔다.

이제 우리 사이에는 그 애가 안고 있는 인형밖에 없다.

내 심장의 고동이 인형을 타고서 그 애에게 전해지고 마는 것은 아닐까? 그런 불안이 스쳐서, 더욱더 고동의 격렬함이 커지고 있다.

규칙적인 진동, 하지만 미세하게 느껴지는 흔들림이다. 내 것과는 다른 무언가가 섞여 있는 것 같다.

"세코 군."

―그다음은 없어?

야자키의 눈이 그렇게 말하는 것처럼 여겨졌다.

그다음, 그다음이란 뭘까? 미처 다 못 전한 야자키의 매력은 분명 아직 잔뜩 있다. 하지만 그게 아닌 것 같은 느낌이 든다.

……아.

아니, 하지만. 오늘은 이미 벌써 한 번 했다. 하루에 한 번까지. 야자키에게 이 이상 폐를 끼치지 않기 위해서 정한 내 마음 속의 규칙. 그 규칙을 깬 적은 한 번도 없다.

하지만 지금이라면 허용될 것 같은 느낌이 들었다. 민폐 따위를 끼치지 않을 것 같은 느낌이 들었다. 오히려…… 상대가 바라는 것 같은 느낌마저 들었다.

완전히 제멋대로인 망상이다. 그 애는 아무 말도 하지 않았다. 그저 이 분위기에 휩쓸려서 내가 자신에게 유리하게끔 해석할 뿐.

그런 사실은 알고 있는데. 내 입은 말을 듣지 않는다.

마치, 지금이 좋은 기회라고 주장하는 양.

"야자키. 나는, 너를—."

"하아…… 하아…… 하아."

노점이 늘어선 길이 아직 멀리 보이는 곳에서 멈춰 서서, 숨을 가다듬은 후 크게 한숨을 쉬었다.

나는 어째서 도망치고 만 걸까? 들켜 버렸다고 해도, 나중에 또 합류할 텐데. 솜사탕을 사러 간다고 거짓말하면서까지 그 자리에서 도망치고 말았다.

역시 솜사탕을 사 오지 않으면 두 사람이 수상하게 여기려나. 하지만 딱히 먹고 싶지는 않다.

뭐 됐어. 일단 사서 두 사람이 있는 곳으로 돌아가면…… 아. 그렇다. 지금, 세코와 미사는 단둘이다. 내가 빠져서, 단둘이 되고 말았다.

이렇게 둘만 남는 상황은 딱히 오늘만 있는 일은 아니다. 노래방에서도 내가 드링크 바에 음료수를 가지러 가면 비슷한 상황이 된다.

하지만 어째서인지 오늘은 다르다는 느낌이 들었다. 근거는 없고 단순한 감이지만, 이대로 두 사람을 단둘이 놔둬서는 안 된다고 내 육감이 호소했다.

나는 발걸음을 돌려서 그 자리를 뛰쳐나가 필사적으로 달렸다. 그곳에서 도망칠 때보다 빠르게, 두 사람이 있는 곳으로 돌아갔다.

나막신을 신고 있는 탓에 발이 무지막지 아프지만. 그런 건 신경 쓰지 않고 있는 힘껏 달렸다.

그리고 근처까지 돌아왔을 때 속도를 줄였다. 달빛에 비치는 두 사람 사이에 흐르는 분위기가 이상했기 때문이다.

세코가 필사적으로 미사에게 무언가를 전하고 있다. 내용은

들리지 않지만, 그 모습을 나는 잘 안다. 아마, 미사의 매력을 잔뜩 전달하는 것이겠지. 잔뜩, 가득, 부러울 만큼.

세코가 말을 마치자, 미사는 황홀한 표정을 띠며 세코에게 다가갔다.

두 사람 사이의 거리가 줄어들었다. 내가 끼어들 틈 따위는 없을 만큼.

가까운 거리에서 서로 바라보는 두 사람이 보였다. 미사는 무언가를 기다리는 것 같고, 세코는 무언가를 말하려고 하는 것처럼 보인다.

몸이 경종을 울린다. 아까 전보다 명확하게, 위험하다고 전해진다.

모르겠어. 모르겠어. 모르겠어. 알고 싶지 않아.

두 사람을 휘감은 분위기, 미사의 달아오른 얼굴, 세코가 지금부터 꺼내려고 하는 말 전부 모르겠어.

가슴이 아프다. 발도 아프다. 하지만 지금 움직이지 않으면 반드시 후회한다. 그것만큼은 안다.

나는 다시 뛰기 시작해서 두 사람 곁으로 발길을 재촉했다.

"나는, 너를—"

"미안, 지금 돌아왔— 으앗?!"

나는 세코의 말을 가로막듯이 나타났지만, 결국 나막신의 끈이 끊어지고 말아서 나는 달리던 기세에 몸을 맡긴 채 그대로 앞으로 넘어지고 말 뻔했다.

어쩐지 기시감이 든다고 생각하면서, 지금부터 찾아올 충격을 예상하고 눈을 감았다.

하지만 그 충격은 찾아오지 않았다.

"히나타…… 역시 너, 덜렁이구나."

눈을 뜨고 고개를 들자 웃고 있는 세코의 얼굴이 보였다. 수영장 때처럼 세코가 나를 받아서 안아 주었다. 그 사실을 깨닫자 심장의 고동이 격렬해진다. 폭발해 버릴 것 같을 만큼 격렬하게.

하지만 통증은 어느샌가 사라졌다.

"시, 시끄러워. 나막신 끈이 끊어졌어."

"어, 정말이네. 우와, 발가락 사이도 새빨갛잖아. 이거 걸을 수 있겠어?"

"……모르겠어."

"모르겠다니. 아마 어렵겠지……. 으음."

세코는 팔짱을 끼고서 신음했다. 나를 위해서 생각해 주는 모양이다.

"하루. 내 어깨를 빌려줄게."

"어, 그러면 미안한데."

"괜찮아. 버팀목이 없으면 걷기 힘들잖아?"

미사가 다정하게 미소 지었다. 그 웃는 얼굴을 보자 내 마음속에 죄책감이 생겨났다.

하지만 정신이 드니 둘 사이의 이상한 분위기는 사라진 상태였다.

"다소 나아지기는 하겠지만, 아직 걷기는 힘들겠지······. 아, 맞다."

세코는 무언가가 떠오른 것 같은 목소리를 내더니, 내게 등을 보이며 그 자리에 쭈그려 앉았다.

그 행동이 무엇을 의미하는지 나는 금세 이해하고서 가슴이 철렁 뛰었다.

"좋아, 와라."

"······괜찮겠어?"

"이게 제일 합리적이잖아. 역까지 꽤 머니까. 게다가 나한테는 사양하지 않아도 되잖아."

"······그러, 네."

나는 머뭇머뭇 세코의 어깨에 손을 얹고서, 양다리는 세코의 옆구리에 놓았다. 그러자 세코는 조심스럽게 내 양다리에 팔을 끼우고 일어났다. 시야가 높아진다.

"이런. 미안, 히나타. 좀 더 붙어줘."

"······무거워?"

"아니, 아니, 그런 게 아니라니까. 그저 자세의 안정감을 위해서 그렇게 해 줬으면 좋겠어."

"······변태."

"어이. 내려놓는다."

"싫어."

나는 매달리듯이, 몸을 밀어붙이듯이, 세코의 등을 꼬옥 끌어안았다.

　그러자 세코의 몸이 움찔 반응한 것이 전해져 왔다.

　"그, 그럼 돌아갈까."

　그런 세코의 갈라진 목소리를 신호로, 우리는 귀갓길에 올랐다.

　"세코 군. 무리하지 마."

　"괜찮아, 괜찮아. 의외로 난 단련했으니까."

　"……그래. 하지만 휴식은 취했으면 좋겠어."

　"그래. 무리해서 쓰러지면 히나타가 다칠 우려가 있으니."

　"……그러게. 그런데 하루. 너, 솜사탕은 어쨌어?"

　"어……. 아, 아아, 가게가 이미 닫았더라. 살 수 없게 되었지 뭐야."

　"그건 아쉽게 됐네. 그렇게나 서둘러 갔는데."

　"응."

　아쉬운 걸까? 아니, 전혀 아쉽지 않다. 왜냐하면 있지, 세코. 난 지금 행복한걸. 애당초 솜사탕은 정말로 먹고 싶었던 게 아니기도 하지만. 필사적으로 달리는 바람에 나막신 끈이 끊어져서 그 덕분에 이렇게 세코에게 딱 달라붙을 수 있고, 세코에게 어리광을 부릴 수도 있는걸.

　따스하다. 세코의 등에 닿지 않은 부분까지도. 가슴도 따끈따끈해진다.

이 온기를 잃고 싶지 않다. 그 누구에게도 양보하고 싶지 않다. 나 혼자서만 독차지하고 싶다.

세코. 좋아해. 좋아한다고. 너를 좋아해. 어쩔 수도 없을 만큼 좋아해. 다른 무엇도 필요 없을 만큼, 너를 원해.

세코는 어떨까? 나를 좋아할까?

나를 주면, 세코도 세코를, 나한테 줄까?

어때? 세코.

제6화 야자키 미사의?

나는 어릴 적부터 스스로를 좋아할 수 없었다.

본가는 유서 깊은 가문은 아니지만 유복한 편이라서, 부모님은 나에게 훨씬 더 좋은 환경을 주고자 고등학교까지 에스컬레이터로 올라가는 사립 초등학교에 다니게 해 주었다.

부모님에게 뛰어난 아이가 모인다는 말을 듣고서 가슴이 뛰었지만, 실제로는 그렇지 않았다.

거기에서 목격한 것은 자신의 낮은 능력은 덮어놓고서 다른 사람을 멸시하는 학우의 모습이었다. 자신을 보지 않는 그 옹이구멍 같은 눈에도, 다른 사람에게 몹시 공격적인 그 자세도 기가 막혔다.

하지만 학우들은 즐겁게 나날을 보내고 있다. 즐겁지 않은 사람은 나뿐이다. 정말로 잘못된 것은 내 쪽일지도 모른다고, 마음속 한구석에서 생각하게 되었다.

또 이런 차가운 눈으로만 학우를 볼 수 있는 나는 대체 뭐가 그리 대단한가 싶은 생각도 들게 되어서, 점차적으로 스스로를 싫어하게 됐다.

이대로는 안 된다고 생각해서, 부모님에게 부탁해 지역 공립 중학교에 진학하기로 했다. 부모님은 의외로 반대하지 않고 내 부탁을 들어 주셨다. 생각해 보면 딱히 의외도 뭣도 아니다.

두 분은 항상 나를 생각해 주셨을 뿐이었다. 부모님께는 늘 감사하는 마음이다.

환경이 바뀌면 주위 사람도 바뀐다. 인간은 환경의 영향을 받아 자라는 존재니까, 그렇다면 나도 바뀌지 않을까 생각했다.

그러나 결국 새로 바뀐 환경도 내 기대를 배신했다. 어디에 가도 인간의 기본적인 부분은 변하지 않았다. 물론 반 애들과 나누는 대화에 오르는 화제 같은 것은 일변했지만, 자신에게 관대하고 타인에게 엄격한 그 태도는 바뀌지 않았다.

반 애들과 얘기하기는 하지만, 친구라고 할 수 있는 사람은 하나도 생기지 않은 채 3학년이 되었다. 이렇게 될 바에야 그대로 예전 학교에서 내부 진학하면 좋았을 것이라고 후회했다.

"이, 있잖아! 야자키, 맞지?"

새 교실에 들어가자 같은 반 남자애가 말을 걸어왔다. 얼굴도 낯설어 그전에 얘기해 본 적이 없는 것 같다.

"그래. 너는?"

"나는—."

그 애의 이름, 뭐였더라. 첫 글자조차 떠오르지 않는다.

그리고 그 애는 이른바 반의 까불이 같아서, 나 말고도 많은 반 애들을 모아놓고 품위 없는 웃음소리를 내고 있었다.

"야, 이리 와 봐."

그 애가 그렇게 말하며 손짓한 앞에는 생기가 느껴지지 않는 남자애가 있었다. 그 남자애는 그 애가 하는 말을 순순히 따

라 이쪽으로 와서, 무리한 요구라고도 할 수 있는 흉내 내기를
선보였다.

주위에서 그 애의 질 낮은 흉내 내기를 비웃었다.

"시시해."

정신을 차리고 보니 내 입에서는 솔직한 감상이 흘러나왔다.

흉내 내기 자체도 시시했지만, 이런 식으로 남을 바보 취급
하며 같이 웃는 반 애들이, 무엇보다 그런 반 애들에게 아무런
저항도 하지 않고 하라는 대로 하는 이 남자애가 시시했다.

까불이는 어떻게든 해서 내 기분을 풀어 주려고 알랑거리는
태도로 전환했다. 아까 전까지 보였던 태도와는 정반대다. 정
말로 시시하다.

주위 애들도 어떻게 된 일인가 하는 표정을 짓고 있다. 여자
애 중에는 우쭐거리지 말라는 시선을 던지는 애도 있었다. 우
쭐거리는 건 대체 어느 쪽일까?

그런 와중에, 그 남자애의 눈만은 나를 똑바로 보고 있었다.
아까 전까지 혼탁했던 그 눈은 점점 빛을 되찾아 갔다.

그날부터 그 애는 바뀌었다. 물론 과거의 그 애에 대해서 자
세히는 모르지만, 내가 가졌던 첫인상과는 다른 모습으로 바뀌
었다.

그 애는 처음으로 같은 반 남자애 둘에게 스스로 말을 걸러
갔다. 나는 그 모습을 멀리서 바라보고 있었다. 처음에는 서로
횡설수설하는 기색이었지만, 점차 웃음소리가 흘러나오게 되

었다.

나는 그 광경을 보고 자연스럽게 웃게 되었다.

처음으로 같은 반 애에게 흥미를 품게 된 나는, 작년에도 같은 반이었던 애들의 이름을 기억하지도 않는데, 그 애의 이름만은 기억했다.

세코 렌토. 그 애의 이름이었다.

세코는 한동안 그 남자애들과 같이 이야기했지만, 어느 날, 놀랍게도 나에게 말을 걸어왔다.

"야, 야쟈키!"

그는 그런 짧은 단어도 틀렸고, 상당히 긴장했다는 사실이 역력히 전해졌다. 그 모습이 어쩐지 귀엽다. 이런 감정을 같은 반 애에게 품은 적은 처음이었다.

그날을 경계로 그 애와 이야기를 나누게 되었다. 처음에는 어색한 대화였지만, 점차 대화 도중에 자연스럽게 웃음소리도 내게 되었다.

어느샌가 내가 학교에 가는 것을 기대하고 있다는 것을 깨닫고, 자신이 아주 조금은 바뀌었다는 사실을 깨달았다.

바뀔 수 있었던 세코 덕분이다. 그 애와 같이 있음으로써 나도 바뀔 수가 있다. 그렇게 확신한 때였다.

그리고 개인적으로 그 애와 있는 시간을 좋아했다. 하지만 그건 본인에게는 전할 수 없다. 전하지 않는 것이 아니라 전할 수 없다는 것도 처음 겪는 경험이라서 기뻐진 것은 비밀이다.

그 애와 같은 중학교에 다닐 수 있는 시간은 짧다. 하지만 같은 고등학교에 다닌다면 3년을 더할 수 있다.

수험 전의 삼자 면담 때, 그 애의 진로를 확인했다. 그리고 담임과 부모님께, 그 애와 같은 고등학교를 목표로 한다고 전했다. 하지만 그 애에게는 전할 수 없다. 부끄럽기도 했지만, 수험 후에 같은 고등학교에 다닌다는 사실을 전했을 때, 그 애가 어떻게 놀랄지 보고 싶었기 때문이다.

그 결과, 그 애는 합격 발표장에서 가장 큰 소리를 지르게 되었다. 나는 그런 그 애가 사랑스럽게 느껴졌다.

그리고 고등학교에 입학한 첫날, 그 애에게 고백을 받은 나는 두 가지 사실을 깨닫고 놀랐다.

우선, 그 애가 나에게 호감을 품고 있다는 사실을 전혀 깨닫지 못했다는 것이다. 이 원인은 내가 연애를 몰라서이기도 하겠지만, 역시 타인을 잘 이해하지 못하는 게 큰 비중을 차지한다고 생각한다.

또 하나, 그 애가 자신의 호감을 상대에게 전할 수 있을 만큼 바뀌었다는 사실에 놀랐다. 고백이라는 행위에는 용기가 필요하다고 들었다. 그것을 실천한 그 애의 성장에 감동했다.

하지만 내 대답은 정해져 있었다.

"미안해."

세코 군의 마음은 정말로 기뻤다. 하지만 그 마음은 받아줄 수 없다.

나 자신조차 좋아하지 못 하는 내게, 연애 따위를 할 권리는
없으니까.

◇

세코 군은 입학식 날에 나한테 고백한 이후, 매일 같이 나를
좋아한다고 말해 준다.

"좋아해, 야자키! 사귀어 줘!"

"오늘은 날씨가 좋네. 저 푸른 하늘을 봐, 야자키처럼 예뻐.
좋아해, 사귀어 줘!"

"야자키가 좋아하는 홍차 브랜드 신상을 사 왔어. 미식이었
다고! 그런데 「미식」엔 왜 「아름다울 미」라는 한자가 있는 걸
까? 오늘도 아름다워, 야자키. 좋아해, 사귀어 줘!"

그 고백을 듣고 나는 내심 기뻐하면서도 차가운 태도를 취
하고 만다. 솔직하게 기뻐하기는 조금 부끄럽기도 하지만, 결
국 그 마음을 받아들일 수 없기에 아무래도 애매한 태도를 보
이게 되고 만다. 그래서 어쩔 수 없다고 나 자신을 타일렀다.

하지만 그 애의 마음은 꺾이지 않았다. 매일 한 번씩 내 매
력에 대해서 논하고, 마지막에는 마음을 전한다. 그 고백만으
로도 학교에 가는 것이 즐겁게 느껴졌다.

그리고 지금은 학교에 가는 즐거움이 하나 더 생겼다.

"세코. 너, 적당히 좀 해. 미사를 이 이상 곤란하게 하지 마."

나에게 고백해 주는 세코 군에게 매번 불평하러 오는 내 절친, 히나타 하루의 존재다.

이 두 사람은 매번 이렇게 말다툼을 하는데, 세코 군의 고백은 하루의 제지까지 한 세트로 묶이고 있다. 세코 군도 그 이상은 고백을 계속하지 않고, 하루도 평범하게 잡담하거나 한다.

하루는 무척 밝은 성격에, 붙임성이 있고, 그 누구하고도 낯을 가리지 않고 이야기할 수 있다. 세코 군하고도, 나와 세코 군 사이에서는 하지 않을 만한 농담 섞인 대화를 곧잘 한다. 나는 그런 하루를 부러워했다. 내가 동경하는 존재다. 그래서 그 애가 나를 절친이라고 말해 주는 것은 정말로 기쁘다.

그런 그 애는 조금 덜렁거리는 구석이 있는데, 그게 또 애교가 있어서 귀엽다. 아무래도 나는 빈틈이 없는 모양이라서 그 점도 나하고는 다르다.

하루라는 절친이 생긴 것도 나에게 커다란 변화이기는 했지만, 그저 단순히 그 애 덕분에 친해질 수 있었을 뿐이지 나 자신이 변하지는 않았다는 사실은 명백하다.

한 번, 그 애에게서 세코 군의 고백을 진심으로 거절하는 편이 좋다는 조언을 받은 적이 있었다.

"세코의 저 기세로는, 미사가 『응.』이라고 대답할 때까지 계속할 셈이야. 민폐라면 한번 따끔하게 거절하는 편이 좋다고."

"……그러네. 하지만 나는 곤란하지 않으니까. 이대로 좋다고 생각해."

"……그런가. 뭐 미사가 좋다면 상관없지만."

그 애는 내 말에 수긍했는지 그 이후 거절하라는 말을 하지는 않았지만, 역시 세코 군이 고백을 외치면 반드시 막으려 든다.

실제로 나는 곤란하지 않다. 오히려 기대하고 있다. 하지만 그 마음을 받아 줄 생각은 없다. 정말로 세코 군에게는 미안하게 생각한다. 하지만 그 고백을 이제 들을 수 없다고 생각하면 쓸쓸함을 느낀다. 그래서 거절 따위는 하지 않는다.

나는 사실 이렇게 약은 여자인 걸까? 속으로 자조한다.

고등학교에 입학하고 나서는 항상 그 애들과 같이 다니게 되었다. 학교에 오는 날도 휴일도, 우리는 함께다. 그것이 무엇보다도 기쁘다.

중학교 시절에도 세코 군과 이야기할 기회는 있었지만 지금만큼 많지는 않았다. 그 애는 친구들과 보내는 시간도 소중히 여기니까. 하지만 고등학교도 같이 다니게 된 오다 군은 부 활동에서 새로운 친구를 만들어서, 점차 세코 군이 이쪽에 있는 시간이 많아졌다. 그들은 그것을 「다 그런 법이지」라고 명쾌하게 결론 낸 모양인데, 막상 두 사람의 시간이 되면 여전히 즐겁게 대화를 나눈다.

그럼 세코 군에게 새로운 친구란 누군가 하면, 그것은 당연히 하루다.

세코 군과 하루는 서로 친하지 않다고 말한다. 하지만 두 사람 사이에 흐르는 분위기를 나는 부러워하고 있다.

그것은 친구로서의 친밀감일까? 그렇지 않으면 또 다른 감정일까? 나로서는 잘 모르겠다.

하지만 두 사람과 함께하는 시간이 늘어나는 것에 비례해서, 내 마음속에서 도사리는 그 수수께끼의 감정은 점점 커졌다.

그 둘이 말다툼하는 것 같으면서도 서로 속속들이 아는 상대와 농담을 나눌 때, 다친 사람끼리라면서 서로에게 반창고를 붙여 줄 때, 교과서를 놓고 왔다며 책상을 붙이고, 때때로 보이는 것이지만 수업 중에 작은 목소리로 이야기하고 있을 때, 그럴 때마다 내 마음은 소란해진다. 하지만 그 이유가 무엇인지는 모른다.

하루의 생일 선물을 사러 갔을 때도 내 마음은 편하지 않았다.

처음에는 세코 군과 처음으로 둘이 하러 가는 쇼핑에 다소 긴장했다.

그것은 세코 군도 마찬가지라고 생각했지만, 세코 군은 나만큼 긴장한 기색도 없이 평소와 다르지 않은 태도로 대해 주었다.

마치 우리 사이에 그 애가 있는 것처럼, 셋이 함께 휴일을 보낼 때처럼 말이다.

그만큼 세코 군의 마음속에서 하루의 존재가 커진 것을 깨달았다.

그가 내 절친과도 친하게 지내는 것은 정말로 기쁜 일이지만, 어째서인지 내 가슴속에 검고 묵직한 것이 내려앉았다.

동시에 또 한 가지 신기한 일이 있다. 그것은 그와 함께 있거나, 내게 그의 의식이 향하면, 가슴이 가벼워진다는 사실이다.

그래서 나는 시간이 한정되어 있음에도 불구하고 비효율적인 수단을 취했다. 그와 별개 행동을 한다는 생각을 하지 못하고 같이 가게를 둘러보기를 선택했다.

내가 그렇게 제안하자, 그는 당황한 기색을 보였다. 아마 그가 예측했던 내 행동과 달랐기 때문이리라. 분명 여태까지의 나라면 효율적인 수단을 취했을 것이다. 그가 나를 이해해 준다는 사실을 알게 되자 마음에 따스한 온기가 느껴졌다.

생각해 보면, 최근에 나는 그가 엮이게 되면 논리적인 선택이 아니라 감정이나 직감을 우선한 선택을 취하게 된 느낌이 든다. 그것은 고등학교를 선택할 때도 그랬다. 문과와 이과의 선택도, 그가 이과에 가겠다는 말을 듣고 엉겁결에 나도 이과에 갈 거라고 말하고 말았다.

나, 어쩌면 그의 영향을 받아서 바뀌고 만 걸까? 그 사실에 기쁨을 느끼는 이유는, 내가 바뀔 수 있었다는 것에 대해서? 그렇지 않으면, 그에 의해서 바뀔 수 있었기 때문에?

그 결론은 아직 내리지 못한 상태지만, 그것을 이해할 수 있을 때 나는 진정한 의미에서 바뀌었다고 할 수 있을 것이다.

정말로, 아무런 근거도 없지만. 어째서인지 나에게는 확신이 생기고 만다.

그 후로 내 마음속에 생긴 감정도, 여태까지의 나, 적어도 초봄의 나에게는 없었던 것들뿐이다.

그가 처음으로 여자에게 선물을 주는 게 하루라는 사실을 알았을 때, 어째서 우리가 작년에 생일 선물을 교환하지 않았는지 후회했다.

그가 하루의 이미지에 사로잡히지 않고 하루의 진가를 찾아낸 것 같은 옷을 골랐을 때, 그가 품은 하루에 대한 강한 마음을 느끼고서 가슴에 통증이 퍼졌다.

그에게 고양이를 좋아하는지 개를 좋아하는지를 묻자 양쪽 다라는 대답이 돌아왔을 때, 이유는 모르겠지만 배신당했다고 느꼈다.

심장이 두근거리는 와중에 그것을 들키지 않게끔 표면상으로는 태연함을 가장하면서, 내가 하루의 생일 선물을 정하겠다고 했다.

내가 고른 것은 하루에게 어울릴 법한 스포츠 신발이다. 조금 가격이 비싸지만 둘이 합쳐서 내면 딱 적당하다고 세코 군도 찬성해 주었다.

그가 고른 선물이 아니다. 그것만으로도 가슴이 가벼워진다.

그와 함께하는 외출이 끝나가고 있다는 쓸쓸함을 느꼈지만 내 마음속에는 어쩐지 마음이 놓이는 안도감도 있었다.

하지만 그날 이후에도 내 감정이 흐트러지는 일은 많았다.

서로 수영복을 입고 있음에도 불구하고, 발이 미끄러져서 넘어진 하루를 세코 군이 받아서 안아 줬을 때.

하루에게 부탁을 받지도 않았는데, 하루를 위해서 세코 군이 사격에 도전했을 때.

그밖에, 단둘만의 공간이 생겨날 때, 내 마음은 격렬하게 동요해서 찢어질 것 같은 통증을 느꼈다.

한편으로는 그가 나를 의식해서 나를 칭찬하는 말을 선사할 때, 그때 내 마음은 서서히 온기를 느낀다.

그래서 수영장에 갈 때, 그가 좋아할 법하다고 생각한 수영복을 골랐다. 그에게 칭찬 받을 수 있다고 생각했으니까. 유가타도 마찬가지의 이유로 대여했다.

그리고 그때 불꽃놀이를 다 본 다음, 하루가 갑자기 뛰어나가서 그와 단둘이 남았을 때 나는 바라고 말았다. 언제, 어째서 상처 입었는지도 모르는 내 마음을 치유하기 위해서, 그의 말을 원하고 말았다.

나는 내 마음의 텅 빈 틈새를 메우기 위해 행동했다.

그러자 그는 내 매력을 말해 주었다. 내가 직접 바라기도 해서 그는 평소보다 많이 말해 주었다.

내 마음은 그 말을 들으며 틈새가 채워지고 있었다. 하지만 아직 무언가가 부족하다고 생각했다. 나 스스로는 결코 바랄 수 없는 말이.

결국, 하루가 돌아옴으로써 그 말을 들을 수는 없었다. 그래서 내 마음은 다시 메마른 상태이다.

그날 이후로 며칠 뒤에, 내일 또 셋이 놀러갈 예정이다.

여름 방학이 시작되고 나서는 평일에도 놀러 갈 때가 있어서, 부모님이 매번 차로 바래다줄 수도 없다. 그리고 전철을 이용하면 훨씬 더 빨리 세코 군을 만날 수 있으니까 나는 전철을 이용하게 되었다.

그래서 최근에는 집에서 가장 가까운 역에서 기다리는 나에게로, 세코 군만이 찾아온다.

나를 발견한 그는 쏜살같이 나에게 뛰어와 준다.

하지만 그 자리에서 그 말은 해 주지 않는다. 그의 마음속에서는 아무래도 그 말과 하루의 제지가 세트로 묶인 것인지, 항상 하루와 합류하고 나서야 그 말을 들려준다.

단둘이 있을 때 원한다는 생각이 들고 말지만, 그 바람을 내가 입에 담을 수는 없다.

나는 여태까지 나를 칭찬해 주는 그의 말을 원했고, 그 후에도 계속 그의 마음을 받아들일 수 없는 주제에 그 말을 거절하지도 않는 약은 짓을 했으니까.

하지만 지금은, 그다음 말을 원한다.

제멋대로인 소리를 하는 것은 알지만.

부탁해.

원해.

세코 군.

제7화 대신해도 돼

매일은 아니지만, 여름 방학 대부분을 야자키나 히나타와 보냈다.

그 이외의 날은 자택에서 느긋하게 지내거나, 또는 오다와, 그리고 다른 고등학교에 간 마니와와 놀러 가거나 했다.

고등학교에 들어간 것을 계기로 안경을 벗고 콘택트렌즈로 바꾼 마니와는 어딘가 세련되어 보였는데, 어제 모임에서는 놀랍게도 여자친구가 생겼다는 말을 했다.

여태까지 연애에 흥미를 드러내지 않았던 친구여서 나와 오다는 경악한 다음, 오늘은 연회라고 하며 노래방 룸에서 소란을 부렸다.

그 후에는 마니와의 여자친구에 대해서 미주알고주알 캐묻는 시간이었다. 뭐 우리가 묻기 전부터 마니와에게서 드문드문 정보가 조금씩 나왔었지만. 역시 연애를 하면 자랑을 하고 싶어지는 법인 것이다.

여자친구는 같은 고등학교, 그것도 같은 반 여자애인데, 놀랍게도 같이 학급위원을 맡고 있는 모양이다.

학급위원 일로 함께하는 시간이 늘어나 휴일에도 같이 시간을 보내게 되고, 그리고 이번 여름에 마음속에서 키워온 감정을 보여준 결과, 두 사람은 맺어지게 되었다던가.

"여름의 마물이란 건 정말로 있었군요."

마니와는 설마 자기가 고백할 용기를 가지고 있었을 줄은 몰랐다고 이야기하며 그런 소리를 중얼거렸다.

그 말을 듣고서 떠오른 것은 요전 날의 불꽃놀이였다.

거의 매일 좋아하는 애에게 고백하는 나에게는 항상 마물이 들러붙어 있는 것이나 마찬가지일지도 모르지만, 그날은 평소와 다른 감각을 느꼈다.

어딘가 매달리는 것 같은 눈으로 나를 바라보는 야자키에게 매료되어, 내 마음속에서 정해 두었던 약속을 깨고, 그날 두 번째 고백을 하려고 했다.

하지만 히나타가 돌아옴으로써 그 시도는 불발 되었고, 우리를 감싸고 있던 분위기는 흩어져서 그다음 말이 내 입에서 나오는 일은 없었다.

이미 세 자릿수는 실패하고 있는데, 만약 그대로 고백했더라면 어떻게 되었을까? 지금도 그런 상상을 하고 말 정도로 신기한 감각이었다.

어쩌면 그날, 그 장소에 마물이 있었을지도 모르겠네. 그렇게 마음속에서 중얼거리며 쓰게 웃었다.

"그래서 마니와 씨. 역시 여자친구 씨는 타츠마키를 닮았는가?"

의외로 집요하게 질문하는 오다가 입에 담은 그 이름은, 우리가 애독하는 토네패닉에 등장하는 마니와의 최애 캐릭터이다.

뛰는 심장을 억누르면서 마니와에게 주목하자, 마니와는 얼버무리며 웃었다.

"여자친구는 평범한 여자애예요. 말투는 평범해서, 말끝에 『씀다』를 붙이지는 않아요. ……분명 타츠마키는 내 최애지만, 이 세상에서의 최애는 내 여자친구예요."

마지막에 쑥스럽게 염장질하는 마니와가 무척 눈부시게 보였다.

문득 시선을 느끼고 그쪽을 돌아보자 오다와 눈이 마주쳤다.

우리 연애의 달인은 무언가 생각하는 바가 있는 것인지 내 얼굴을 빤히 바라보았다.

그 시선을 뿌리치듯이 나는 마이크를 손에 들고서, 마니와의 새 출발을 축하하는 서투른 노래를 불렀다.

그 이후, 오다가 나에게 의미심장한 시선을 보내는 일은 없었다.

그것이 어제의 이야기다. 여름 방학도 끝나가는 오늘은 야자키와 히나타랑 놀러 갈 예정이다. 만나는 장소는 수영장이나 불꽃놀이처럼 여름 분위기가 있는 곳이 아니라, 평소에 놀러 가는 거리이다.

오늘은 불꽃놀이 이후 첫 모임이기도 하다. 히나타의 다리에 난 상처가 덧나지 않았으면 좋겠는데.

몸단장을 마치고 슬슬 집을 나설까 하고 휴대 전화를 확인했을 때, 두 사람과의 그룹 대화방에 메시지가 쌓여 있다는 사실을 깨달았다.

아무래도 히나타가 열이 난 모양이라서, 오늘은 모임을 취소해 달라는 메시지였다. 그에 대해 야자키는 히나타의 상태를 걱정하면서 병문안을 갈지 물었지만, 히나타는 감기를 옮기면 미안하다면서 거절했다.

두 사람의 대화를 훑어본 나는 「알았어. 몸조리 잘 해.」라고 메시지를 보냈다. 조금 짧나 싶었지만, 너무 긴 문장을 보내 봤자 지금은 힘들 수도 있다고 생각해 그대로 놔두었다.

그나저나 오늘 일정이 갑자기 사라지고 말았다. 히나타가 못 나온다고 해서 이대로 야자키와 둘이 놀러 길 수도 없고. 여름 방학 숙제를 소화하는 날로 삼을까.

그렇게 생각하며 내 방 책상에 앉으려고 한 그때, 휴대 전화에 메시지가 도착했다. 히나타에게서 온 것이었다. 다만 묘한 점이 그룹 대화방이 아니라 나에게 따로 와 있었다.

별일도 다 있다고 생각하면서 메시지를 확인했다.

『병문안 와줘. 선물 같은 건 필요 없으니까.』

히나타가 나에게 병문안을 부탁해? 야자키의 요청은 거절했으면서?

히나타의 메시지를 읽고서 머릿속에 그런 의문이 샘솟았다.

……아아, 알았다. 나한테는 감기를 옮겨도 된다고 생각하는 거구나. 이 자식. 먹기 편한 것과 스포츠 음료수를 사서 쳐들어가 주마.

의문이 해소된 나는 곧바로 집을 나서서 전철에 올라타 이웃 마을로 향했다. 그리고 역 앞 편의점에서 병문안에 필요한 것들을 대강 샀다. 물건이 들어 있는 비닐봉지를 손에 들고, 기말시험 전에 방문했을 때의 기억을 더듬으며 히나타의 집을 향해 걸었다.

　걷는 도중 어쩐지 요전 날, 히나타의 집을 방문했을 때 있었던 일을 떠올렸다.

　야자키에게는 비밀로 하고, 내가 개인적으로 마련한 생일 선물을 히나타에게 주었을 때다. 그때 히나타가 지었던 표정은 지금도 가끔 떠오를 만큼 매력적이라서, 그때의 나는 나도 모르게 고개를 돌리고 말았다.

　그랬더니 책장에 토네패닉이 꽂혀 있다는 사실을 깨달았다. 설마 히나타가 토네패닉을 읽는 줄은 몰랐는데, 만약 이야기를 나눌 수 있다면 기쁘겠다고 생각해 화제로 꺼내고 말았다.

　하지만 그건 실수였는데, 내 최애 캐릭터가 누구냐는 질문을 받고 만 것이다.

　내 토네패닉의 최애 캐릭터는 후우인데, 후우는 쇼트커트가 인상적인 활기찬 여자아이다. 하지만 실은 배려심이 있고, 뒤에서는 고민을 품기도 한다.

　그리고 눈앞에 있는 소녀를 많이 닮았다.

　그래서 그 질문에 대답할 수는 없었다. 대답할 수 있을 리가 없었다.

◇

"분명 여기였었지."

그때를 회상하는 사이에 어느 단독 주택 앞까지 다다랐다. 문패를 확인하자…… 응, 분명 『히나타』라고 적혀 있다.

긴장을 풀기 위해서 심호흡을 한 번 하고 눈앞의 인터폰을 눌렀다. 그러자 잠시 뒤에 「네.」 하고 귀에 익은 목소리가 들려 왔다.

『아아, 히나타…… 하루 양의 같은 반 친구인 세코입니다. 병문안 왔습니다.』

『……아, 나야. 문 열려 있으니까, 그대로 안에 들어와.』

목소리를 통해 히나타라고 생각하기는 했지만, 어쩌면 가족 일지도 모르니까 일단 그 애를 『하루』라고 불렀다. 그런데 역시 본인이었던 모양이라서 괜히 부끄러움을 느낄 뿐이었다.

들어오라는 말을 해 봤자 곤란하다고 생각하면서 머뭇머뭇 문을 열었다. 자물쇠가 걸려 있지는 않아서 문은 쉽게 열렸다.

"실례하겠습니다."

나는 상황을 살피듯이 인사했다. 하지만 안에는 쥐 죽은 듯 이 조용해서 대답은 없었다.

어, 어쩌면 좋을지 고민하며 현관에서 멀거니 서 있으니까 바지 주머니 속의 휴대 전화가 진동했다. 히나타에게서 온 메 시지다. 그대로 2층 자기 방까지 와 달라고 한다.

곤혹스럽지만 이대로 돌아갈 수도 없어서 메시지를 따르기로 했다. 나는 신발을 벗고 집에 들어가 그대로 2층으로 올라갔다.

히나타의 방 앞까지 와서 다시 한번 심호흡을 했다. 그리고 문을 두드렸다.

"히나타, 나인데."

"괜찮아. 안으로 들어와."

안에서 들려온 히나타의 목소리를 따라 문을 열었다.

방 안으로 들어오자, 내가 좋아하는 향기가 콧구멍을 간질였다.

"와 줬구나."

방의 창문 옆에 있는 침대에 히나타가 이불을 두르고 앉아 있었다.

"당연하지. 자, 이거, 병문안 선물. 적당히 사 왔으니까 이 중에서 싫어하는 게 있다면 미안해."

"······괜찮다고 했는데."

"아무리 그래도 빈손으로 병문안을 올 수는 없잖아."

"······왜냐하면 나는, 꾀병이야. 병문안이 아닌걸."

"······뭐?"

이거 봐, 그럼 왜 나를 부른 건데?

그렇게 추궁하려고 한 그때, 히나타는 일어나서 몸에 둘렀던 이불을 침대 위로 떨어뜨렸다.

그러자 그 애의 예쁘고 부드러운 피부가 눈앞에 드러났다.

"어—."

"세코 너, 이번 여름에 수영장에 갔을 때, 내 가슴을 유심히 봤잖아? 좋아하려나 싶어서."

그 애는 그때 입었던 수영복 차림이었다.

내 머리는 혼란스러워지기 시작했다. 사고가 따라가지 않아서 몸은 경직되고 말았다. 그런 와중에 히나타는 내 곁으로 다가와서 내 손을 잡고— 자신의 가슴에 대었다. 그리고 내 손등에 자신의 손을 포개고 가슴을 주무르는 몸짓을 했다.

내 손바닥에 따스하고 부드러운 감촉이 덮쳐 왔다.

"응…….."

"히, 히나타?! 대체 이건 무슨 생각으로—."

"세코 넌, 꽤 밝히지."

"……뭐?"

"우선, 야한 만화를 모으잖아."

"따, 딱히 토네패닉은 그것만이 목적은 아닌데……."

"소풍 때, 목욕을 마친 미사를 보고서 흥분했잖아."

"……그건."

"요전번 수영장에 갔을 때도 그래. 미사의 몸에 닿아서 욕정했어."

"어, 어쩔 수 없잖아. 좋아하는 애와 그런 상황이 되면, 남자라면 누구라도……."

"하지만, 내 가슴도 봤었지. 몇 번이나. 잔뜩."

"……미안."

"괜찮아."

"……어?"

"내 몸을 세코가 원하는 대로 해도 돼. 가슴을 주무르고 싶으면 주물러도 되고, 엉덩이를 만지고 싶으면 만져도 돼. 어디를 만져도 괜찮아. ……그다음도, 해도 되니까."

그렇게 말하며 히나타는 내 손을 잡고 아래로 움직였다. 그다음이 무엇을 의미하는지는 금세 알았다.

"자, 잠깐만!"

나는 당황해서 그 애의 손을 뿌리쳤다.

히나타는 뿌리쳐진 자신의 손을 보며 슬픈 표정을 지었다.

"역시, 나로는 안 된다는 뜻이야?"

"아니야! 그런 게 아니라……."

나도 모르게 그 애의 손을 움켜쥐어 버리려고 하는 충동을 참고, 그 애에게 거친 말투로 물었다.

"히나타가 왜 이런 짓을 하는 건데? 영문을 모르겠어."

"이유? 이유는 간단해. 세코의 욕망이 폭발해서, 미사가 상처 입지 않게 하려는 거야. 그러니까 내가 대신 세코를 상대해서 욕망을 풀어 주는 거지."

"……그게 뭐야. 내가 욕망에 져서, 야자키를 덮칠 우려가 있다고 그렇게 말하고 싶은 거냐고!"

"단언할 수 있어? 정말로? 세코는, 자기 마음속의 충동에 절대로 지지 않겠다고 약속할 수 있어?"

"당연…… 앗."

내가 큰소리를 치려고 했을 때 떠오른 것은 여름 축제 때의 장면이었다.

나는 스스로 정했던 하루에 한 번이라는 규칙을 깨고, 야자키에게 고백하려고 했다.

그런 내가, 정말로 충동에 사로잡혀서 그런 짓을 하지 않는다고 단언할 수 있을까?

자신이 없어지고 말아서 말문이 막혔다.

히나타는 희미하게 웃으며 말했다.

"거 봐. 참을 수는 없어. ……자기 안에서 있지, 원한다는 마음이 점점 부풀어 오르는 거야. 안 된다고 생각해도, 무리라고 생각해도, 마음은 내 뜻을 따라 주지 않아서, 내 생각 따위는 무시하고 그걸 원한다고 폭주하게 돼. ……저항할 수는 없어."

어딘가 실감 나는 말투에 휩쓸려서, 히나타의 말을 부정할 말이 나오지 않았다.

"있잖아, 세코."

슬며시 다가온 히나타가 다시 내 왼손을 잡았다.

하지만 이번에는 아까 전과는 달랐다.

정면에서 서로의 손바닥을 맞댄 후, 한 개씩, 내 손가락과 히나타의 손가락이 얽혔다.

아까와 다르게 손을 잡았을 뿐인데, 심박 소리가 들려올 만큼 고동이 격렬하다.

히나타의 매끈매끈한 손이 기분 좋다는 감상을 품고 있으니, 히나타는 손을 잡은 상태로 높이 들어 가슴 위치로 가져갔다. 손깍지를 직접 눈으로 보자 더욱더 피의 흐름이 빨라진다.

서둘러 시선을 피했지만, 그 앞에는 히나타의 젖은 눈동자가 있다.

우리 사이에, 또 그 이상한 분위기가 감돈다는 사실을 알았다.

"해도 돼."

손을 쥐는 힘이 강해진다.

"나한테, 미사에게 하고 싶은 일."

히나타의 모든 움직임에 눈길이 간다.

"연인과 할 만한 일."

머리가 히나타 생각으로 가득해진다.

"해 줘."

그 순간, 나는 손을 잡은 상태로 그 애의 몸을 끌어당겼다.

그리고 그 작은 몸 뒤쪽에 오른팔을 두르고, 강하게 끌어안았다. 부드러운 피부에 손가락이 파고든다.

"아……."

히나타는 작게 당황하는 목소리를 흘렸다.

하지만 시간이 잠시 지나자 히나타도 비어 있는 쪽 팔을 내 몸에 둘러서 꽉 끌어안았다.

히나타의 수영복 차림 때문인지 여자애다운 부드러운 감촉이 충분히 전해져 와서, 거기에 빠져 버릴 것 같았다.

계속 이대로 있고 싶다. 이미 그렇게 생각하게 된다.

냉방된 실내에 있는데, 여름 햇살을 직접 받는 것처럼 몸이 뜨겁다.

그 애가 나를 끌어안는 힘이 강해지자 무의식중에 내 몸도 움직여서 더욱더 그 애의 몸에 밀착한다.

그러자 그 애의 머리카락에서 향기가 물씬 풍겨 와서, 내가 좋아하는 냄새의 정체를 알게 되었다.

"……세코."

히나타가 내 귓가에 속삭이듯이 내 이름을 불렀다.

"앞으로는 있지, 나랑 하자. 세코가 하고 싶은 일, 미사에게 하고 싶은 일."

평소의 시원시원한 말투와 차이가 나는, 요염함을 머금은 나지막한 목소리가 귀에 들어온다.

"만약 미사와 사귀게 되면, 이 관계는 끝내도 되니까."

그 애의 목소리가 귀를 통해 뇌까지 다다라 어질어질하다.

"그때까지, 잔뜩 하자."

"미사에게는 비밀로."

| 작가 후기

반갑습니다, 츠치구루마 하지메라고 합니다.

이번에 본작《좋아하는 애의 절친에게 압박당하고 있다》를 봐 주셔서 감사합니다.

본작은 제8회 카쿠요무 Web 소설 콘테스트에서 특별상을 수상한《좋아하는 애의 절친이 내 ○○을 관리하고 있다(이하, Web판)》를 서적판으로 고쳐 쓴 것입니다. 엄청난 제목이네요.

고친 제목을 따라 Web판에서 살짝 변경되어서 이벤트가 추가되거나 합니다만, 대략적인 이야기의 흐름은 변하지 않았습니다. 다만 큰 변경점으로, 담당 편집자님의 조력을 받아 상당히 파워업된 것 같습니다.

그럼. 예정보다 많은 페이지를 받았으니 본작에 대해서 살짝 풀어놓도록 하겠습니다.

본작은 「질척질척한 작품을 읽고 싶다」, 「사랑에 빠져서 망가져 가는 여자아이를 그리고 싶어」라는 제 욕망을 마구 채워넣은 작품입니다. 사랑에 빠진 귀여운 히로인의 얼굴이 어두워지는 순간은 끝내주잖아요. 거기에 비도덕적인 요소를 더하면 아찔해지겠다고 망상해서, 정신을 차리니 글을 쓰고 있었습니다. 물론 주인공과 알콩달콩하는 것도 좋아해요. 정말이에요. 믿어 주세요.

그런 주제를 포함하면서 「좋아하는 애에게는 비밀로 다른 여자애에게 구애받는다」라는 기쁜 콘셉트를 가진 게 본작이 되겠습니다. 소망이 사치스럽게 가득 담겼네요.

그 결과, 라이트노벨인데 내용이 무거워져 버렸습니다. 예이.

여기에서 잠시 작품의 히로인 이야기를 하고자 합니다.

본작의 히로인은 야자키 미사와 히나타 하루 두 사람입니다.

미사는 자신에게는 연애할 권리 따위는 없다고 말하면서도, 주인공인 렌토가 해 주는 달콤한 말을 원하고 있습니다. 때때로 옆에서 보면 「아니, 그건」이라고 생각할 만한 언동을 보입니다만, 그녀는 자신의 마음을 아직 깨닫지 못했습니다. 연애치인 그녀가 언젠가 그것을 자각했을 때, 사태가 어떻게 될지 상상하기만 해도 가슴이 조여들고 뜨거워집니다.

하루는 자신에게 승산이 없다고 생각하면서도 렌토를 포기할 수가 없어서, 마침내는 그에게 일그러진 관계를 제안하고 말았습니다. 하지만 그것도 어쩔 수 없겠다 싶습니다. 그녀의 내부는 계속해서 마음이 응어리지고 있었습니다. 하지만 미사는 렌토의 마음을 받아줄 기색을 보이지 않고요. 그렇다면 자신이 렌토의 여자친구 자리를 꿰차겠다며 나서지 않는 것은 그녀의 자신감 부족 때문인가 싶습니다. 어쩌면, 마지막의 그 것은 그녀 나름대로 생각한 서투른 접근이었을지도 모릅니다.

그런 두 사람은 절친 사이이고, 렌토를 포함해서 세 사람은 자타가 공히 인정하는 친한 그룹이지만 그 관계가 실은 절묘한 밸런스로 균형을 유지하고 있다고 한다면. 우연한 기회에 그것이 무너지기 시작하고 마는 것도 상상하기 어렵지 않네요.

본서는 성가신 연애가 시작되었다는 부분에서 끝났습니다만, 이 이야기는 이제부터 시작됩니다. 늪은 한 번 빠지면 푹푹 가라앉기 마련이니까요.

마지막으로 감사를 전하겠습니다.

오레아즈 님. 다양하고 멋진 일러스트를 그려 주셔서 감사합니다. 오레아즈 님의 일러스트는 본작의 분위기에 무척 잘 맞는다고 생각해 받아들여 주신 순간부터 기뻐했습니다만, 완성된 히로인 두 사람의 일러스트를 배알했을 때는 정말 감격했습니다. 초절정 미인에 쿨한 인상을 받는 그 모습은 그야말로 제가 상상했던 그대로의 미사이고, 붙임성 좋아 보이고 밝은 분위기가 나지만 어딘가 그늘이 느껴지는 귀여운 여자아이는 그야말로 하루였습니다. 앞으로도 같이 일을 할 수 있다면 기쁘겠습니다.

담당 편집자님에게는 아무리 감사해도 모자랍니다. 우선 다른 수상작과 비교해 보고 어딘가 붕 뜬 본작을 밀어 주셔서 감사합니다. 집필할 때는 적확하게 조언을 해 주실 뿐만 아니라, 제 작품 이야기에 공감을 드러내 주시고, 동기 부여를 해 주셔서 무사히 양질의 한 권을 써낼 수 있었습니다. 본서는 담당 편집자님 없이는 태어날 수 없었다고 단언할 수 있습니다.

스니커문고 편집부 여러분, 콘테스트 선고위원 여러분, 및 그밖에 《좋아하는 애의 절친에게 은밀하게 압박당하고 있다》의 출판에 관여해 주신 여러분. 깊이 감사드립니다.

그리고 Web판 시절부터 응원해 주신 독자 여러분과 본서에서 처음 뵌 독자 여러분께 진심으로 감사드립니다. 본작은 어떠셨을까요? 성벽이 비틀어졌다면 감개무량합니다. 같이 진흙탕에 빠지자고요. 또, 여러분은 미사와 하루 어느 쪽을 미는지 들어 보고 싶습니다. 아, 오다라는 선택지도 일단 놔둘게요.

앞으로 세 사람이 어떤 연애를 펼쳐 나갈지. 이어지는 전개는 아직 생각하지 않았습니다만, 아주 조금 신맛이 강한 이 청춘 러브 코미디의 속편을 그릴 기회를 얻게 되면 좋겠다고 간절히 바랍니다.

여기까지 읽어 주셔서 감사합니다.

독자님 및 이 책에 관여해 주신 여러분께 행복이 가득하기를 기원합니다.

좋아하는 애의 절친에게 은밀히 압박당하고 있다 1

초판 1쇄 발행 2024년 12월 30일

지은이 츠치구루마 하지메
일러스트 오레아즈
옮긴이 정우주

책임편집 김기준
디자인 정유정
책임마케팅 최혜령, 박지수, 도우리
마케팅 콘텐츠 IP 사업본부
경영지원 백선희, 권영환, 이기성
제작 제이오
교정·교열 전혜민(북케어)

펴낸이 서현동
펴낸곳 ㈜오팬하우스
출판등록 2024년 5월 16일 제2024-000141호
주소 서울특별시 강남구 테헤란로 419, 11층 (삼성동, 강남파이낸스플라자)
이메일 ofansnovel@naver.com

SUKINAKO NO SHINYU NI HISOKA NI SEMARARETEIRU Vol.1
©Hajime Tsuchiguruma, Oreazu 2023
First published in Japan in 2023 by KADOKAWA CORPORATION, Tokyo.
Korean translation rights arranged with KADOKAWA CORPORATION, Tokyo.

ISBN 979-11-94293-75-0 (04830)
ISBN 979-11-94293-74-3 (세트)

오팬스노벨은 ㈜오팬하우스의 출판 브랜드입니다.

플레이어 네임 유우키, 17세.
스스로 말하기 좀 그렇지만,
살인 게임 전문가입니다.

제18회 MF문고J 라이트노벨 신인상 《우수상》 수상작
TV 애니메이션 제작 확정!

사망 유희로 밥을 먹는다.

우카이 유시 지음 | 네코메타루 일러스트

조금 특별한 이웃의 위장과 심장을 사로잡는
식욕 자극 러브 코미디!

제19회 MF문고 신인상 ≪우수상≫ 수상작

내 배덕한 밥을 조르지 않고는 못 배기는, 옆집의 톱 아이돌님

오이카와 키신 지음 | 히즈키 히구레 일러스트